文豪男子コレクション

Bungo Danshi Collection

はじめに

【文豪とは】

――数々の傑作（小説もしくは散文詩）を執筆した表現者**《文豪》**。

文豪とは、すぐれた文学作品を残した者のみに許される称号で、《小説家》でもなく、《作家》でもありません。作品が大いに売れた、前代未聞の内容だった、文学史上初めての試みを行った、誰もが感動の涙を流した、などなど、表現者が文豪たる理由は多種多様。

しかし、全員に共通しているのは、衝き動かされるような表現欲求と、それに伴う苦悩といえるでしょう。時にその苦悩は、文豪を死に追いやるほど深いもので……。だからこそ、**命を削るようにして紡ぎだされた作品**たちは、現代に生きる私たちにも力強く訴えかけてくるのです。

【本書の目的】

《文豪》と聞いて、あなたは誰を思い浮かべるでしょうか？

ヒゲのあの人か、イケメン風のあの人か、繊細そうなあの人か……。きっとそれは、教科書で目にした写真に違いありません。よほどの読書家でないかぎり、文豪と彼らの作品に初めて出会うのは、決まって国語か歴史の教科書なのですから。

しかし、教科書は物語のクライマックスやポイントだけを切り取っている場合も多く、強制的に《読ませられている》という思いがつきまといます。学生時代、純粋に文学を楽しんだという人が少ないのは、こういったことが原因になっているのでしょう。

それならば、文豪の作品を読む前に、**その人となりを知ることで、もっと自由に文学を理解し、楽しむことができる**のではないでしょうか？

そういった疑問から生まれたのが本書です。

文豪たちは、決して小説の登場人物ではありません。彼らだってこの現実世界で、笑い、泣き、苦しみ、楽しみ、そして恋をした、生身の人間なのです。本書は、彼らの人間性がわかるようなエピソードや趣味嗜好、特性、代表作などをまとめることで、これまでになかった文豪本となることを目指しています。

人選については、活躍した時期を明治時代から昭和時代前半までとし、広く現代にも知られる作品を執筆していて、かつそれらが活字、もしくは電子書籍を通して読める者としました。本書内で、文豪たちのエピソードをコミカルに描いている部分もありますが、より人間らしい新しい文豪像を描き出すための試みと思ってください。ただし、文献を中心に事実確認を行っていることもここに記しておきます。

文学は楽しく、文豪はもっと楽しい！

本書が文豪、ひいては文学作品の新たな魅力を発見するきっかけとなれば幸いです。

※文豪のイラストは、本人の作風、生き方をもとに擬人化したものです。

ページの見方

本書文豪の並びは、活躍した時代（明治、大正、昭和）順です。

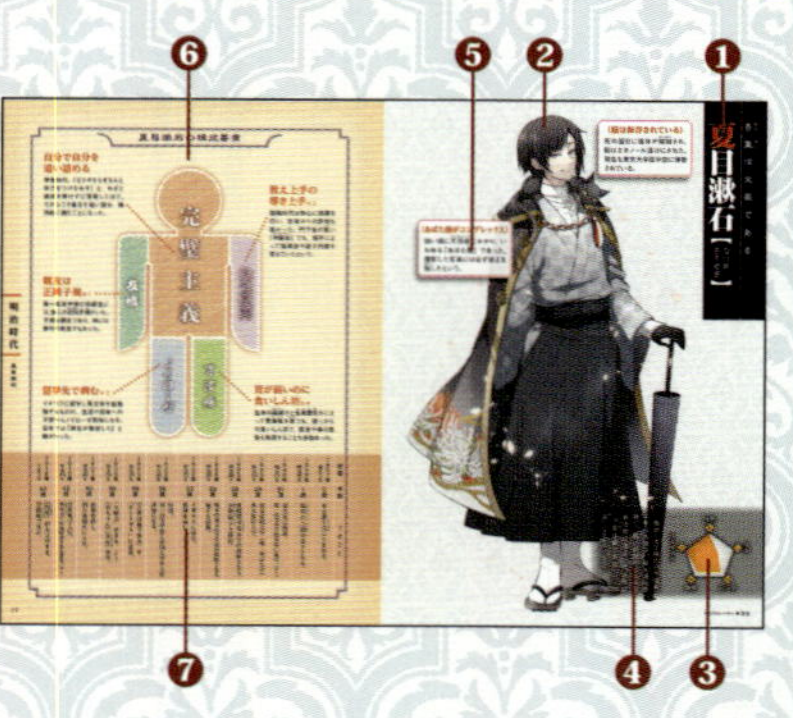

昭和時代

文豪資料

❶ **名前**：文豪のペンネーム。
❷ **イラスト**：文豪の作風、生き方から擬人化しています。
❸ **レーダーチャート**：人気、モテ、リッチ、多作、ストイックを5段階で評価。
❹ **経歴**
❺ **引き出し**
❻ **構成要素**：文豪の性格や作品を生み出した要素の割合です。
❼ **年表**：その文豪の主なできごとです。
❽ **人物相関図**：文豪の主な文友関係などです。
❾ **文豪のコト**：友人、恋人などの目線から、その文豪の姿を追います。
❿ **漫画**：意外な姿や、クスッと笑えるエピソードなどを漫画化しています。
⓫ **声に出したい名文**：文豪の名著の中から、音読していただきたい一文を選出。

【文豪資料】
文豪たちの文学的な背景や、思想が反映された名著を紹介しています。

❶ 作品を通して表現したかったこと、思想の変換など、文豪をさらに深く掘り下げます。
❷ **名著**：文豪の考え方、生き方が描かれた作品2作を紹介。文末の青マークは、青空文庫で見られる作品です。※現在も購入できる作品は、書籍の写真を入れています。

No.

1868年（明治元年）　明治維新

1869年（明治2年）　6月27日　戊辰戦争（慶応4年／明治元年〜）終結

1871年（明治4年）　7月14日　廃藩置県により藩が廃止

1877年（明治10年）　2月15日　西南戦争開戦（同年終結）

1880年（明治13年）　自由民権運動の活発化

1889年（明治22年）　2月11日　大日本帝国憲法公布（明治23年11月29日施行）

1891年（明治24年）　足尾銅山鉱毒事件 →関連：志賀直哉（46ページ）

1894年（明治27年）　7月25日　日清戦争開戦（明治28年終結）

1904年（明治37年）　2月8日　日露戦争開戦（明治38年9月5日終結）

1909年（明治42年）　10月26日　初代内閣総理大臣 伊藤博文暗殺

1912年（明治45年）　7月30日　明治天皇崩御、大正に改元される。

明治時代

1868年〜1912年

【戯作文学】

戯作とは江戸から興った読み物の総称のこと。明治10年頃まで文学の中心だった。世相や風俗を風刺化して描く。


【翻訳文学】

急激に西洋化が急がれるなか、文化・風習・政治を知るなどの目的で、西洋文学が流行。森鷗外もアンデルセン作『即興詩人』（明治25年～34年）などを翻訳している。


【写実主義】

現実をありのままに写すことを主義とする。坪内逍遥が評論『小説神髄』（明治18年）で、これまでの戯作や勧善懲悪的な文学観念を否定したことから始まる。


【擬古典主義】

西洋化していく気風のなか、明治20年頃になると、古典を再評価し伝統を守ろうとする思潮が生まれた。


【言文一致体】

話し言葉に近い口語体を用いた文章。写実主義の二葉亭四迷『浮雲』（明治20年）で書かれた「だ」調からはじまり、擬古典主義の山田美妙の「です」調（『夏木立』（明治21年））、尾崎紅葉の「である」調（『多情多恨』（明治29年））と続き、明治末期以降の文学がほぼ口語体となるという多大な影響を与えた。


【硯友社】

明治18年、まだ学生だった尾崎紅葉を中心として創立された、日本初の文学結社。機関誌は「我楽多文庫」。


【観念小説】

特定の理念や観念を描くことを目的とし、また資本主義社会による労働問題などといった人間性を圧殺する社会のあり方を糾弾した小説のこと。


【浪漫主義】

明治20年初頭、西欧のロマン主義文学の影響を受け始まった。近代的な自我の芽生え、人間の理想などを描き、写実主義とは相反する立場にある。雑誌「文学界」の島崎藤村・北村透谷などによって推進され、森鷗外『舞姫』（明治23年）、国木田独歩『武蔵野』（明治31年）、泉鏡花『高野聖』（明治33年）などの傑作が生まれた。


【自然主義】

写実主義を経て、明治40年代の文壇の主流に。1880年頃から西欧で始まった自然主義の影響を受けている。人のありのままの姿を客観的に描く。


【余裕派／高踏派】

反自然主義（37ページ）の一派。現実に対して広い視野と余裕をもって望み、高踏的な見方で物事を捉える。西欧の近代文明に直接ふれた森鷗外や夏目漱石が牽引し、《近代的な自我のめざめ》《近代文学の確立》を担ったとされる。（夏目漱石『三四郎』（明治41年）、森鷗外『雁』（明治44年）などが代表

明治初期は江戸末期からの流れをくむ戯作文学が中心だったが、《文明開化》によって欧米の思想や文学が流入し、次第に近代文学の芽生えともいえる作品が生まれいった。

2足のわらじを履く（は）スーパーエリート

森鷗外【もりおうがい】

〈面食い〉

最初の妻との結婚は「見た目がよくないから」と渋（しぶ）ったものの、美しい再婚相手のことは「まるで美術品」とメロメロ。

〈潔癖症〉

ドイツに留学した際の研究分野は衛生学。その結果、生野菜や果実を食べられなくなってしまったという。

明治・大正時代の文学者・軍医。本名は林太郎（りんたろう）。東大医学部卒業後、軍医となりドイツに留学。帰国後、創作や翻訳活動を行った。代表作に『舞姫（まいひめ）』『雁（がん）』など。

イラストレーター◆夏生

森鷗外の構成要素

超エリート
国際感覚
親孝行

帝国陸軍軍医の最高実力者※2

大日本帝国陸軍の軍医が鷗外の本職。スキャンダルに見舞われながらも、その優秀さで出世を遂げ、最終的には陸軍軍医総監にまで上りつめた。

じつはマザコン！？

母、峰子は元祖教育ママ。鷗外の出世にかける期待と情熱も並大抵のものではなかった。鷗外自身もそれに応えようと、どんなに嫌気がさしても軍医を辞めることはなかった。

子供も国際人に！※1

ドイツに留学していただけあり、国際感覚に優れていた。子供の名前も長男の「於菟」をはじめ、「茉莉」「杏奴」「不律」「類」と、全員が西洋風。

西暦	年齢	できごと
1862年 文久2年	0歳	島根県津和野に生まれる。
1872年 明治5年	10歳	父と上京し、親戚の西周宅に寄宿する。
1874年 明治7年	12歳	東京医学校予科に史上最年少で入学。
1881年 明治14年	19歳	東京大学医学部卒業。大日本帝国陸軍軍医となる。
1884年 明治17年	22歳	陸軍官費留学生としてドイツに留学。（※1）
1888年 明治21年	26歳	帰国。陸軍軍医学校教官となる。
1889年 明治22年	27歳	赤松登志子と結婚。
1890年 明治23年	28歳	登志子と離婚。『舞姫』『うたかたの記』を発表。
1899年 明治32年	37歳	第12師団軍医部長となり福岡県小倉に赴任。
1902年 明治35年	40歳	荒木志げと再婚。第1師団軍医部長として帰京。
1907年 明治40年	45歳	大日本帝国陸軍軍医総監となる。（※2）
1909年 明治42年	47歳	『ヰタ・セクスアリス』が発禁処分となる。
1922年 大正11年	60歳	肺結核・萎縮腎のため死去。

あの人に聞いた！

鷗外さんのコト、教えて!!

ドイツ留学

母・峰子　父・静男

エリーゼ　コッホ

師事

恋愛関係

離婚

最初の妻・登志子

長男・於菟

再婚

2番目の妻・志げ

三男・類　次男・不律　次女・杏奴　長女・茉莉

大親友

賀古鶴所

東大医学部同級生

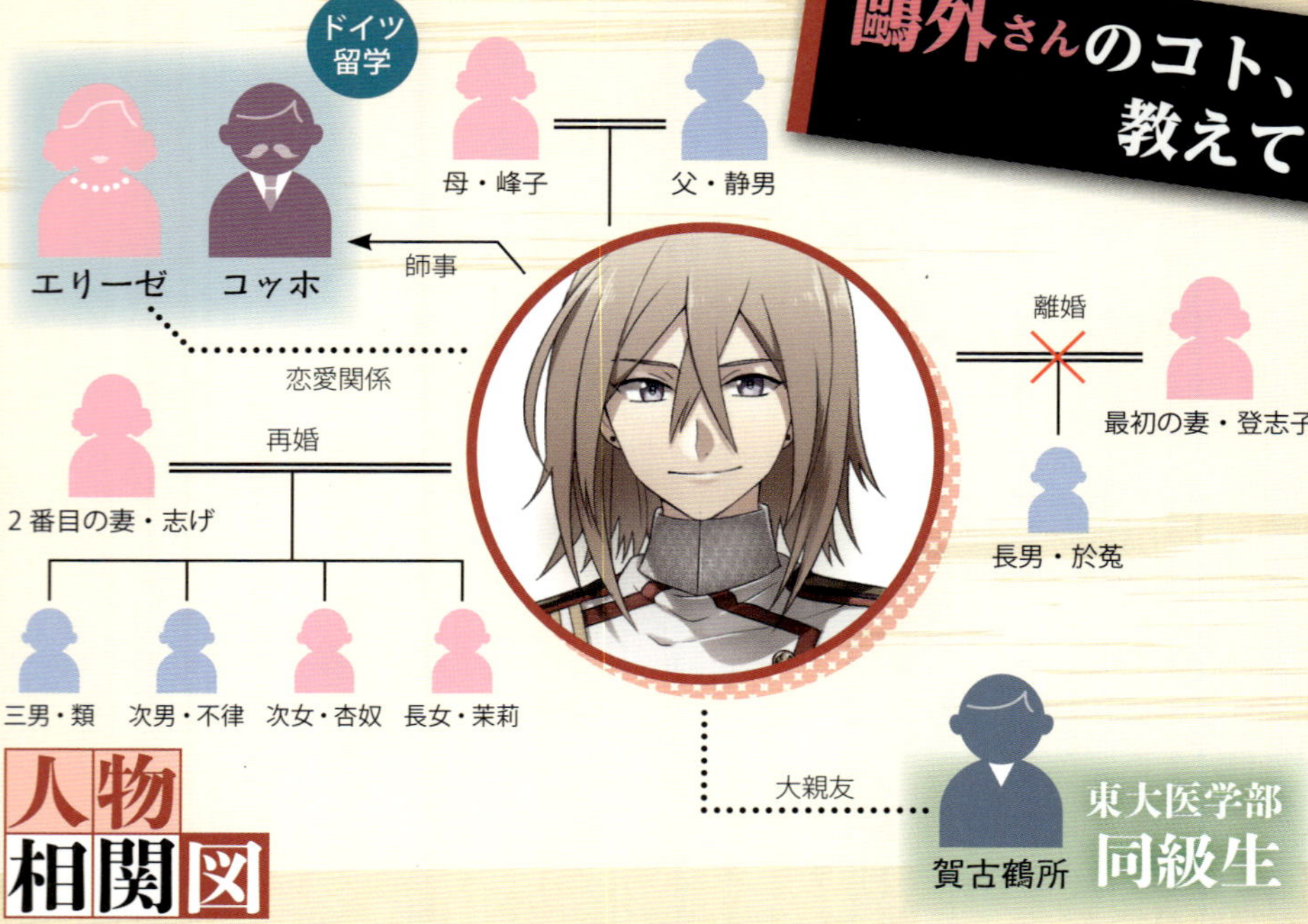

人物相関図

「童顔なのかなと思ったけどやっぱりね……。」

賀古鶴所

鷗外の生まれた森家は代々、津和野藩主の主治医を務めた医者一族で、彼も医学を学ぶことが運命づけられていた。母の峰子は熱心に教育を施し、鷗外自身もその優秀さから《神童》の名をほしいままにしていたという。

幕藩体制が終わると、森家は鷗外に東京で勉強させるべく上京。12歳になり、東京医学校予科への受験を決める。当時の募集要項は14歳以上だったが、まだまだ戸籍がしっかりとしていなかった時代。鷗外は実年齢よりも2歳年上に申告し受験に挑み、見事合格を果たしたのだった。

浪人している者からすれば、4、5歳も年下になる。鷗外がいつカミングアウトしたのか定かではないが、当時、彼は同級生から「チビ」と呼ばれていたという。

「私たちは本当に愛し合っていました。」

エリーゼ

東京医学校予科から東京大学医学部に進学し、無事に卒業した鷗外は、大日本帝国陸軍に軍医として入隊する。陸軍ならば、希望する都市に留学させてくれると聞いたからだ。ドイツ留学は、鷗外の長年の夢であった。

やがて鷗外は、念願のドイツへ衛生学を学ぶために留学する。当時、細菌学の世界的権威であったコッホに師事し、オペラの観劇や舞踏会に参加するなど、公私に渡り華やかだった彼の生活をさらに彩ったのが、1人の女性の存在であった。

声に出したい名文

この青く清らにて物問ひたげに愁ひを含める目の、半ば露を宿せる長き睫毛に掩はれたるは、何故に一顧したるのみにて、用心深き我心の底までは徹したるか。 『舞姫』

彼女の名前はエリーゼ。鷗外の恋人で、彼の代表作である『舞姫』のヒロイン・エリスのモデルといわれている。相思相愛、幸せな2人だったが、『舞姫』同様、鷗外の帰国によって彼らの関係にはピリオドが打たれた。

後年、エリーゼは鷗外をあきらめきれず、日本までやってくるが、母・峰子をはじめとする森家は彼女を追い返すことで一致。国費で留学しながら恋愛に溺れていたとなっては、鷗外の出世も望めなくなるからである。鷗外の周囲の人々に説得され、エリーゼは帰国したのであった。

嫁との関係ではずいぶん気を使わせました。
母・峰子

エリーゼの帰国後、鷗外は赤松登志子と結婚するも1年程で離婚し、12年間の独身生活を経て、志げと再婚する。志げは非常に美しく、峰子も気に入っていたという。しかし、峰子の過剰な鷗外への干渉が原因となり、嫁姑関係が悪化。親思いの鷗外は新妻と老母との板挟みに悩み、時には2人にすごろくをさせ仲直りをはかったという。

エリーゼさんを忘れられなかったみたいです。
志げ

2人の女性と結婚し、5人の子供に恵まれた鷗外だったが、エリーゼの写真や彼女からの手紙を大切にしていたという。晩年、死期が近いことを悟った鷗外は、それら全てを志げに焼却させた。結ばれなかった恋人との思い出が灰になる様を、彼はどんな想いで見つめたのだろうか。

声に出したい名文
人は身に病があると、此病がなかつたらと思ふ。其日其日の食がないと、食つて行かれたらと思ふ。萬一の時に備へる蓄がないと、少しでも蓄があつたらと思ふ。『高瀬舟』

吾輩は文豪である

夏目漱石【なつめそうせき】

明治・大正時代の小説家。イギリス留学、東大講師を経て、朝日新聞社に入り作家活動に専念。代表作に『吾輩は猫である』『三四郎』『こころ』など。

イラストレーター◆夏生

夏目漱石の構成要素

完璧主義
友情
先生気質
ノイローゼ
胃潰瘍

自分で自分を追い詰める

学生時代、「どうせならきちんと学力をつけなおす」と、わざと追試を受けずに落第したほど。だからこそ自分を追い詰め、精神的に病むことになった。

教え上手の導き上手※3

教職時代は熱心に授業を行い、生徒からの評判も高かった。門下生の集い「木曜会」でも、相手によって指導法や話す内容を変えていたという。

親友は正岡子規※1

第一高等中学の同級生には、俳人の正岡子規がいた。子規は親友であり、時には俳句の先生でもあった。

留学先で病む※2

イギリスに留学し英文学を猛勉強するものの、生活や将来への不安からノイローゼ気味になる。日本では「漱石が発狂した」と噂がたった。

胃が弱いのに食いしん坊※4

生来の繊細さと生真面目さによって胃潰瘍を患うも、根っからの食いしん坊で、医者や妻の忠告を無視することも多数あった。

西暦	年齢	できごと
1867年 慶応3年	0歳	東京都牛込に生まれる。
1868年 明治元年	1歳	塩原昌之助の養子となる。
1888年 明治21年	21歳	夏目家に復籍。第一高等中学校本科に進学。（※1）
1890年 明治23年	23歳	東京帝国大学（現・東京大学）英文科に入学。
1895年 明治28年	28歳	愛媛県尋常中学の教師となる。中根鏡子と婚約。
1896年 明治29年	29歳	熊本の第五高等学校の教師となる。鏡子と結婚。
1900年 明治33年	33歳	イギリスに留学。精神を病む。（※2）
1903年 明治36年	36歳	帰国。第一高等学校と帝国大学英文科講師になる。
1905年 明治38年	38歳	『吾輩は猫である』を「ホトトギス」に連載。
1906年 明治39年	39歳	「木曜会」始まる。（※3）『坊ちゃん』『草枕』執筆。
1907年 明治40年	40歳	教職を辞し、朝日新聞社に入社。
1910年 明治43年	43歳	胃潰瘍で入院。修善寺で転地療養するも悪化。（※4）
1916年 大正5年	49歳	『明暗』が未完のまま、胃潰瘍で死去。

あの人に聞いた！

漱石さんのコト、教えて!!

人物相関図

池田菊苗

留学仲間

雑誌「ホトトギス」

高浜虚子

小説を薦める

正岡子規

友人関係

門下生〈木曜会〉

P.38

芥川龍之介

寺田寅彦

漱石くんは気前もいいし親切だったよ。

正岡子規

第一高等中学校の同級生として出会った漱石と正岡子規は、共通の趣味が落語だったことから意気投合し親友となった。漱石は子規と出会い交流を深めるうちに句作を行うようになっており、文学を意識するようになったのもそのおかげだろう。子規への手紙のなかで、「漱石」の号を初めて使用したのも象徴的だ。

帝国大学卒業後、子規は日清戦争の従軍記者として中国大陸に滞在したものの、結核を患い、帰国を余儀なくされる。その頃漱石は、子規の郷里である松山の中学で、英語教師として教鞭をとっていたが、療養のため故郷に戻った子規は、漱石の家に居候することになった。移るかもしれない病気を抱えた子規に、漱石は快く自宅の1階を提供しただけでなく、彼の食事代や彼が行う句会に集う人々の食事まで負担したという。

約2ヵ月の同居生活は、子規の再上京にともない解消されたが、漱石はその際の旅費まで用意したのだった。

「狂った」と噂で聞いて驚きました。

池田菊苗

国が派遣する留学生としてイギリスに渡った漱石は英文学の研究を希望していたが、当時の名門大学には「英文学科」が存在していなかった。そのため独学で文学書を乱読し見識を深めていったという。

この頃、化学者である池田菊苗（のちに「味の素」を発明）が漱石のもとを訪ねている。漱石は菊苗の人格と知識の深

声に出したい名文

吾輩は猫である。名前はまだ無い。どこで生れたかとんと見当がつかぬ。何でも薄暗いじめじめした所でニャーニャー泣いていた事だけは記憶している。『吾輩は猫である』

ほう！　羊羹かね
私はこれが大好物でね
じつに嬉しいよ

あ　ええと
はい…
ぜ　ぜひ
お子さんたちにと…

さぞかし美味いのだろうね
いや　食すのが楽しみだよ

お　お子さんたちに…

ギリ…　ギリギリ

嬉しいねぇ
楽しみだよ

さに感動し、「学問とは」といった議論を重ねたという。

やがて漱石は英文学を科学的に分析し、誰にでもわかるようにする、という目標を掲げ、昼夜を問わず研究を進めた。しかし、壮大なテーマに気持ちは焦るばかり。精神的に追い詰められ、ひどいノイローゼとなってしまい、日本では「漱石が発狂した」という噂も立つほどだった。

優しい父でしたがときどき驚くほど怖かったです。
子供たち

漱石は帰国後、機嫌の悪いときには容赦なく家族に当たり散らした。怒鳴る、殴る、蹴るといった行為も珍しくなく、現代なら間違いなくDV（ドメスティック・バイオレンス）で通報騒ぎとなっていたことだろう。

夏目先生は超のつくほど甘党でした。

寺田寅彦

甘党で知られた漱石だが、なかでも羊羹が大の好物で、たびたび作中にも登場している。あるとき、妻が健康を気遣い羊羹を隠しておくと、我慢しきれなくなった漱石が家探しを決行。最終的には娘に隠し場所を教えてもらい、上機嫌で見つけた羊羹を分け合って食べたという。晩年には糖尿病を患っていたというのも納得である。

『吾輩は猫である』が大ベストセラーとなり、文壇に颯爽と登場した漱石のもとには、寺田寅彦や内田百閒、芥川龍之介といった若手の作家や評論家の卵たちが集まってきたが、彼らもきっと手土産にはさまざまな甘味を持参していたに違いない。

声に出したい名文
智に働けば角が立つ。情に棹させば流される。意地を通せば窮屈だ。とかくに人の世は住みにくい。
『草枕』

若くして散った文壇の雄
尾崎紅葉【おざきこうよう】
〈地元大好き〉
紅葉の号をはじめ、生まれ育った芝には多くの所縁がある。芝明神の銘菓・江の嶋の名付けもその1つだ。
写実主義・擬古典主義の明治の小説家。山田美妙らと共に日本最初の文学結社・硯友社を結成し、機関誌「我楽多文庫」を創刊。言文一致の文調を試みる。
人気 四
モテ 五
リッチ 四
多作 二
ストイック 三
〈若き文壇のスーパースター〉
20代半ばでその名を文壇にとどろかせていた紅葉は、泉鏡花など後進から見て天上人のような存在だった。

尾崎紅葉の構成要素

小言も才能のうち？

常日頃から、門下生に対して小言が多かった紅葉。しかしその口上は独特で、弟子はつい聞き入ってしまっていたという。

生まれも育ちも増上寺のお膝元※1

芝で生まれ育った紅葉は生粋の江戸っ子気質だった。さっぱりとした性格は弟子に好まれたが、反面、短気でもあった。

凝り固まった古い女性観

紅葉は良くも悪くも保守的で、それは女性観についても同様だった。作中で描かれる古い女性観を批判する作家もいた。

西暦	年齢	できごと
1868年 慶応3年	0歳	12月16日、江戸芝に生まれる。本名・徳太郎。（※1）
1872年 明治5年	4歳	母が死亡。母方の祖父母に引き取られる。
1885年 明治18年	17歳	東京大学予備門在学中に硯友社を発足。
1888年 明治21年	20歳	回覧雑誌だった硯友社の機関誌「我楽多文庫」販売開始。
1889年 明治22年	21歳	『二人比丘尼 色懺悔』を刊行。読売新聞社に入社。
1890年 明治23年	22歳	帝国大学（旧・東京大学）文学部を中退する。
1891年 明治24年	23歳	泉鏡花を門下として迎え入れる。住居を牛込区横井町へ移す。妻・喜久と結婚。
1895年 明治28年	27歳	角田竹冷らと共に俳句結社・秋声会を創設する。
1897年 明治30年	29歳	読売新聞での『金色夜叉』の連載が始まる。
1901年 明治43年	33歳	療養のため伊豆市修善寺に赴く。
1902年 明治44年	34歳	読売新聞社を退社し、二六新報に入社する。
1903年 明治36年	35歳	10月30日、『金色夜叉』が未完のまま胃がんで死去。青山霊園に埋葬される。

あの人に聞いた！

紅葉さんのコト、教えて!!

人物相関図

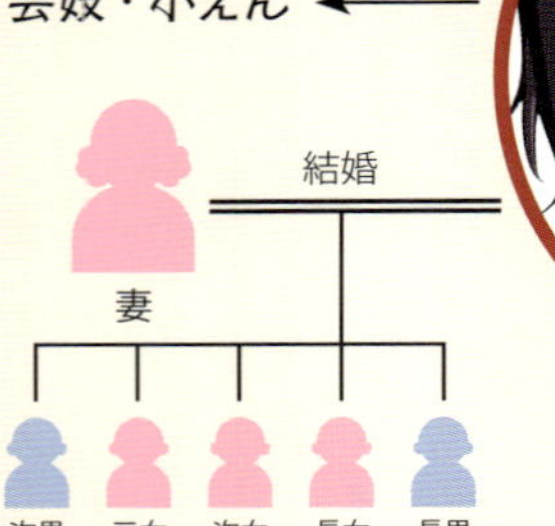

はじめは2人で必死に写して作っていたね。

山田美妙

紅葉と山田美妙は東京大学予備門の同級生だった。のちに同窓生などを誘って文学同好会を作り、文学結社《硯友社》へと発展させる。機関誌「我楽多文庫」は日本初の文芸雑誌・同人雑誌で、政治的な文章を除いた、小説、戯曲、漢詩、川柳、狂歌、落語となんでも掲載した。はじめは紅葉と美妙が肉筆で作った回覧本だったが、好評を博し活版印刷となり、1888年には公売される。

その直後、美妙は主宰した小説雑誌「都の花」で筆を執るようになり、硯友社を脱退する。しかしその後も紅葉を中心に鏡花など新鋭の作家が参加し、明治文学発展の温床となった。

紅露時代なんて並び称された時代もあったなぁ。

幸田露伴

幸田露伴は、1889年頃から『露団々』などの作品で名を上げていた。この頃に「写実主義の尾崎紅葉、理想主義の幸田露伴」と人気を二分した2人は《紅露時代》という明治文学の一時代を築きあげる。ここに坪内逍遥・森鷗外を加え、《紅露逍鷗時代》と呼ぶこともある。

ちなみに2人は出生が同じく東京（江戸）で、生まれ年も1年しか違わない。

威厳にあふれていて初対面は本当に緊張した。

泉鏡花

泉鏡花が紅葉に弟子入りしたのは彼が18歳のとき。単身上京してきた鏡花にとっ

声に出したい名文

吁、宮さんこうして二人が一処に居るのも今夜限だ。お前が僕の介抱をしてくれるのも今夜限、僕がお前に物を言うのも今夜限だよ。

『金色夜叉』

上京し尊敬する紅葉に会いに来た鏡花

まぶしすぎる…

こいつ…いいな!

その後　紅葉は鏡花の弟子入りを許す

グチ

グチ

鏡花は毎月50銭のお小遣いをもらいながら客人の取り次ぎや手伝い　小説の書き写し時には愚痴にも付き合っていた

て、すでに文壇で成功している紅葉は雲の上の存在だった。そのときの衝撃を、鏡花は『初めて紅葉先生に見えし時』にて「五分刈りにして絣の羽織を着ており、威厳があるさまに恐れ入って、敬愛すべき方に面会できたことが申し訳ないくらいに思う」と記している。紅葉は数多くの後進作家たちを門下に迎え入れた。中でも鏡花、徳田秋声、小栗風葉、柳川春葉は「紅門の四天王」と呼ばれている。

西洋かぶれで時代錯誤の江戸文学だ。

国木田独歩

井原西鶴に強い影響を受けた紅葉は、風俗的な雅俗折衷文体で高い人気を得た。しかし、そこに描かれた女性観はとても古典的なものだった。特に前半期はその傾向が強く、国木田独歩はそれを「洋装せる元禄文学」と評している。また「妻はきちんとした家庭で育った女に限り、芸妓は遊びで付き合うものだ」という考えであった紅葉を、評論『厭世詩家と女性』にて自由恋愛を謳っていた北村透谷も批判していた。

紅葉先生には贔屓にしてもらいました。

紅葉館

明治の頃、芝公園内紅葉山には紅葉館という高級料亭があった。紅葉山から筆名を取った芝に愛着のある紅葉を筆頭に、この料亭は硯友社の面々が多く出入りし、文豪たちの交流の場となっていた。それは紅葉の死後も続いたが、東京大空襲によって料亭は焼失、現在は跡地に東京タワーが建っている。

声に出したい名文　人の屑といって、紙屑、糸屑、鋸屑ほども役に立たねば　『二人女房』

泉鏡花【いずみきょうか】
幻想と浪漫に浸る薄幸の天才
〈重度の潔癖症〉
特に食べ物に関しては敏感で、生物は絶対に口にせず、もらった菓子を火であぶってから食べるほどだった。
〈自身を「職人」と称する〉
周囲から「天才」「日本語の魔術師」と賞賛されると、「自分は字を書く職人だ」と返していたという。
明治・大正の小説家。戯曲など演劇の分野でも活躍した。近代における幻想文学の先駆者ともいわれる。代表作は『高野聖』『婦系図』など。
人気 三
モテ 三
リッチ 二
多作 五
ストイック 五
イラストレーター◆おむ烈

泉 鏡花の構成要素

マザコン

職人気質

プチ不運体質

師匠へのジレンマ

若くして亡くなった母への熱～い思い※1

8歳のときに母を亡くし、その際、妹たちとも離ればなれになった。この強い亡母憧憬が、鏡花の作品の基底になっている。

根っからの職人家系で育つ

父方は彫金師、母方は御手役者の家系で、厳しい徒弟制度の中で育った。

順風満帆とはいかない人生※2

評価されはじめると生家が全焼、これからというときに父が亡くなり、軌道に乗りはじめると師が死去・浪漫文学が冷遇。どうにもタイミングが悪い。

尊敬すべき師匠が最大の障壁に

紅葉に師事する一方、彼のエリート的な考えに対して思うところがあった。特に恋愛に対しては強い反感をもっていた。

西暦	年齢	できごと
1873年 明治6年	0歳	11月4日、石川県金沢市にて泉家嫡男として生まれる。
1882年 明治15年	9歳	妹・やゑが誕生。その後母・すず死亡（享年29）。（※1）
1891年 明治24年	18歳	10月に尾崎紅葉邸を訪ね、弟子入りする。
1892年 明治25年	19歳	11月、大火で生家が全焼したため、一時帰郷する。（※2）
1894年 明治27年	21歳	父・清次死亡により帰郷。一家困窮により自殺を考える。同年、祖母の激励により上京、創作に向かう。
1895年 明治28年	22歳	「観念小説」と称され、《新進作家》として認められる。
1903年 明治36年	30歳	師である尾崎紅葉が死去。葬儀で弔詞を読む。
1904年 明治37年	31歳	この頃、交際していた芸妓・すずを妻として迎える。
1910年 明治43年	37歳	初の作品選集『鏡花集』全5巻の刊行がはじまる。
1923年 大正12年	50歳	関東大震災による類焼は免れたものの、金沢へ帰郷する。
1925年 大正14年	52歳	『鏡花全集』全15巻の刊行がはじまる。
1939年 昭和14年	65歳	肺腫瘍のため死去。雑司ヶ谷墓地に埋葬される。

あの人に聞いた！
鏡花さんのコト、教えて!!

人物相関図

『鏡花全集』編集委員

谷崎潤一郎

水上瀧太郎

芥川龍之介

他3人

初対面は可哀想なくらい緊張していたね。

尾崎紅葉

鏡花と師である尾崎紅葉の出会いは1891年10月のこと。この前年に紅葉に会うため上京していた鏡花だったが、都会のあまりの広大さに気圧され、1年もの間、知り合いの下宿などを転々とする生活を送っていた。帰郷しようと決心し、最後だからと紅葉邸を訪れたのだ。22歳という若さで文壇の脚光を浴びていた紅葉は、鏡花にとって天上人のような存在で、「その威厳に気圧されて頭があがらなかった」という。恐縮しきった鏡花に親近感を得たのか、紅葉は即座に入門を許可し、玄関番として家に置くことにした。紅葉邸で鏡花は、家事全般、雑用、時には紅葉の小言を聞くといったことまで律儀にこなしていった。その甲斐あってか、翌年には紅葉の計らいで処女作『冠弥左衛門』の連載が日出新聞ではじまった。

師の言いつけを破ってまで一緒になりました。

泉すず

妻・すずとは、出版社の新年会で出会ったという。彼女は桃太郎という名で芸妓をしており、鏡花の妹が芸妓になっていたこと、幼い頃に亡くなった母と同じ名前であったことから、鏡花にとって運命的な女性として映ったのだろう。しかし、師である紅葉は「結婚はしかるべき家系の女性とすべき」という意識が強く、「師か女かどちらかを選べ」とまで言われたという。一旦別れるも、紅葉の死後、文壇の仲間の助力もあり、2

声に出したい名文

「若様と奥様の血の俤でございます。」「人間には其れが分かるか。」「心ないものには知れますまい。詩人、画家が、しかし認めますでございませう。」『夜叉ケ池』

芸妓との恋愛中は
「芸妓との恋愛なんて言語道断」な
師匠・紅葉にバレないように
愛を深めていたという

妻に迎えるべきは　豊かな
家庭で育った　きちんとした
女性であるべきですよ

そうですかねぇ…

しかし たびたび紅葉が来客から
逃げるように家に立ち寄ったそうで
鏡花はいつバレるかと
ヒヤヒヤしたことでしょう

ビクゥッ

そ～

人は結婚する。夫婦仲は非常に良かったという。

泉先生の「花柳もの」は大当たりでした。

演劇関係者

1905年、祖母を亡くした鏡花は、神奈川の逗子へ4年にも及ぶ病気療養生活に入る。この時期は自然主義文学が座頭していた時期でもあり、浪漫主義であった鏡花は文壇から冷遇されていた。文壇の雄であった紅葉が亡くなり、次なる時代を担う旗手として地位が築かれたというタイミングでの時流に、鏡花はとても神経衰弱したという。

そんな鏡花を慰めたのは演劇界だった。明治27年頃からたびたび鏡花の作品は舞台化され、特に花街を舞台にした「花柳もの」はブームを巻き起こし、舞台・映画問わず大当たりを繰り返した。

こうした演劇界とのつながりや、熱烈なファンによる「鏡花会」の開催、そして反自然主義派の後押しもあり、鏡花は少しずつ表舞台へと返り咲いていった。

鏡花先生は古今類を見ない文宗だ！

芥川龍之介

芥川は鏡花を「明治大正の文芸に浪漫主義の大道を打開した先駆者」であると称し、その才能を高く評価していた。『鏡花全集』では、小山内薫、谷崎潤一郎といった面々とともに編集委員を務め、その目録開口に鏡花を賛美する名文を寄せている。芥川は『鏡花全集』の最終刊配本を見届けるようにして自殺。その部屋には読みさしの『鏡花集』があったという。

声に出したい名文

病室はとしてのもの音もなし。時々時計の軋る声とともに、すすり泣の聞ゆるあるのみ。

『鏡花全集』「紅葉先生逝去前十五分間」

和と洋の狭間を生きる

小泉八雲【こいずみやくも】

〈隻眼の文学者〉

少年時代に怪我のため左目を失明。白く濁った瞳を嫌がり、写真を撮るときは左目が見えない角度で写った。

〈小柄な美丈夫〉

八雲の身長は160cmほどと西洋人にしては小柄だ。柔らかな印象で、可愛げのある人柄だったという。

新聞記者、小説家、日本民俗学者。ギリシャ出身でのちに日本に帰化。英語教師をするかたわら、日本文化を海外に紹介する。代表作に『怪談（kaidan）』など。

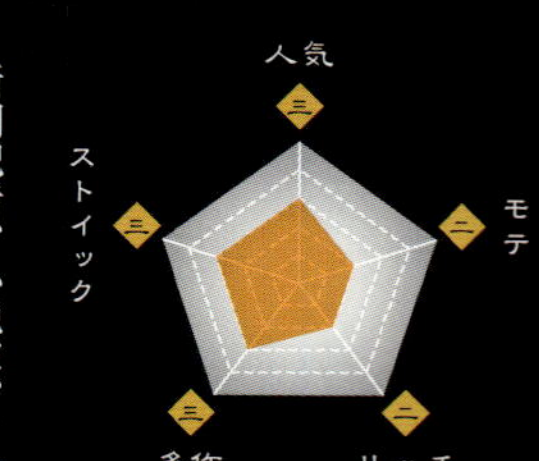

小泉八雲の構成要素

欧州のあちこちに転居※1

父はアイルランド、母はギリシャ人のハーフ。名はパトリック・ラフカディオ・ハーンという。ギリシャで生まれ、のちにアイルランドのダブリンで過ごす。進学先はイングランドとフランス、就職はアメリカとさまざまな国の風土に触れている。また、日本に来る前は探訪記者として活躍していた。

日本人
西洋人

結婚後、日本に帰化※2

強い興味をもって訪れた日本では、「ヘルン」という愛称で親しまれていた。文学はもちろん、古来からの伝承や年中行事、四季折々の風景、野山に棲まう小動物など、日本の文化を深く愛していたという。日本名の「八雲」は、最初に赴任した出雲の枕詞「八雲立つ」から取ったのではないかといわれている。

西暦	年齢	できごと
1850年 嘉永3年	0歳	ギリシャのレフカダ島（当時イギリス領）にて生まれる。
1854年 嘉永6年	4歳	両親の離婚に伴い、アイルランドのダブリンに住む大叔母に預けられる。（※1）
1866年 慶応元年	16歳	遊んでいる際、遊具がぶつかり左目を失明する。
1874年 明治7年	24歳	19歳でアメリカに移住し、この年に新聞記者となる。
1890年 明治23年	39歳	記者として来日。島根県にて英語教師となる。
1891年 明治24年	40歳	武家の娘・小泉セツと結婚する。同年に長男が誕生。熊本へ移住、教鞭を執る。
1894年 明治27年	43歳	神戸の外人居留地に移り、英字新聞記者となる。海外向けに『知られざる日本の面影』を発表。
1896年 明治29年	45歳	東京帝国大学文化大学の英文学講師になる。日本に帰化し「小泉八雲」と名乗る。（※2）
1903年 明治36年	53歳	東京帝国大学を退職。後任に夏目漱石が選ばれる。
1904年 明治37年	54歳	日本の怪談話をまとめた本『怪談』を発表。狭心症にて死去。雑司ヶ谷霊園に埋葬される。

あの人に聞いた！
八雲さんのコト、教えて!!

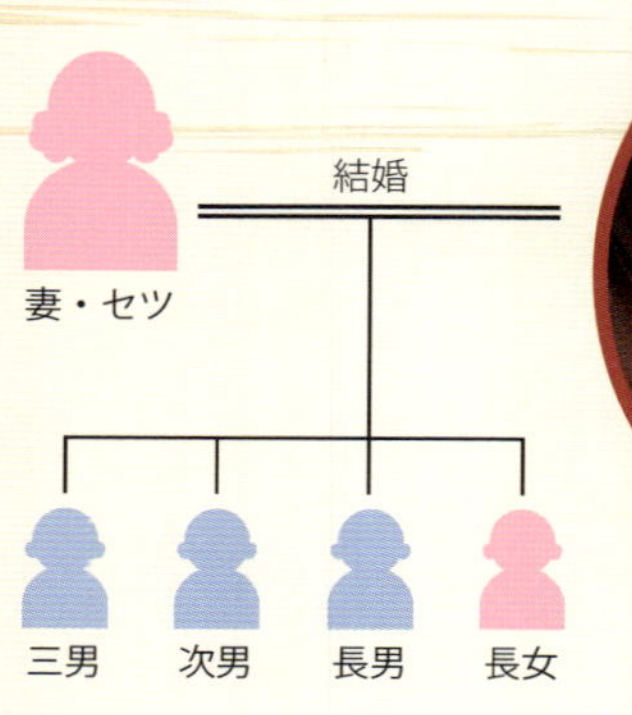

人物相関図

ハーン（八雲）はイギリス軍医であるアイルランド人の父、ギリシャ人の母のもとで生まれた。しかし幼少期に両親は離婚してしまう。ハーンは父方の大祖母に預けられ、以後、両親とはほとんど顔を合わせることがなかった。

16歳で左目失明、父の死亡、大叔母の破産といった悲劇が次々と起こったが、ハーンはイギリス、フランスで勉学を積み、渡米してジャーナリストとなった。

日本文化について熱心に取材していたね。
服部一三

ハーンと服部一三の出会いは、1884年にアメリカのニューオーリンズで開催された万国博覧会だった。当時すでにジャーナリストとして名を上げていたハーンに、服部は丁寧に日本の展示物や文化について説明したという。

1890年、日本を訪れた後輩記者の言葉に惹かれ、ハーンは急遽日本へと向かった。はじめは新聞社の通信員としての来日だったが、トラブルがあり契約が解除。万博で出会った服部や、東京帝国大学のB・H・チェンバレン教授の斡旋を受け、島根県の学校で英語教師として働くことになった。

記者時代のハーンは、自分の書く文章に強いこだわりがあり、句読点1つ手を加えることを許さなかったことから「オールド・セミコロン」というあだ名がつけられていたという。ハーンの授業は文章を書かせるものが多かったそうだ。

声に出したい名文
ここに琵琶がある、だが、琵琶師と云っては――ただその耳が二つあるばかりだ！
『耳無芳一の話』（戸川明三訳）

仲がよいことで知られる八雲夫妻。八雲が焼津に滞在した際に妻・セツへ宛てた手紙からもその仲の良さが見て取れる

↓ヘルン語

やいづの　パパカラ　カワイ　ママへ

ラブラブですこと…♥

せっせっ

話を聞く姿はまるで子供のようでした。

妻・セツ

島根県松江で教鞭を執るようになったハーンの、身の回りの世話を任されたのが小泉セツだった。住み込みで働くうちに2人は惹かれ合い、結婚する。

ハーンはセツが語る日本の民話や怪談に非常に興味をもち、暇があればセツに語って聞かせるように頼んだという。日本に残る明文化されていない物語たちに惹かれたハーンは、それらを英語で書き留めて、海外へ日本文化として紹介する。民話だけでなく、人々の暮らしや趣向についても著書にまとめていった。民話の他には小動物や植物も好きで、セツは八雲のためにいろいろな虫を飼って見せていたという。

両親は不思議な言葉で会話していました。

子供たち

はじめ、ハーンはフランス語と英語、セツは日本語と、お互いに言葉を教え合っていた。2人は非常に勤勉な人柄で、書き付けがされた練習帳がいくつも残されている。

そのうち、2人の共通語として不思議な言葉を使うようになる。これはハーンの日本での愛称「ヘルン」から「ヘルン語」と呼ばれた。「私、それ、好き」といった、片言の日本語のような言葉だったというが、これはセツが日本語に不自由なハーンに合わせたわけではなく、この独特の言葉を使うのをお互いに楽しんでいたようだった。2人は「パパさん」「ママさん」と呼び合い、大変仲むつまじい夫婦だったという。

声に出したい名文

それは私、私、私でした。……それは雪でした。そしてその時あなたが、その事を一言でも云ったら、私はあなたを殺すと云いました。

『雪女』（田部隆次訳）

天才ゆえに悩みは深く……

国木田独歩【くにきだどっぽ】

〈大人気の愛弟通信〉

日清戦争の従軍記者として同行した独歩は実弟・収二に向ける戦場からの手紙という手法で原稿を送信。型破りでハイテンションな文体が大人気となる。

〈引き継がれる才能〉

才能豊かな血筋。子供たちは詩人や彫刻家に。さらに孫やひ孫、玄孫は俳優やモデルとしてスポットライトを浴びている。

明治時代の小説家。自然主義文学の先駆者として知られる。編集者としての一面もあり、雑誌「婦人画報」を創始。代表作に『武蔵野』『春の鳥』など。

人気	モテ	リッチ	多作	ストイック
四	三	一	四	四

イラストレーター◆poni

国木田独歩の構成要素

苦労人の父と流転の日々

維新時代に旧佐幕藩士だった父は苦労しながら千葉、東京、山口、広島などを転々と移住。多くの出会いと別れの中、亀吉（独歩の幼名）少年は負けず嫌いの芯を育み、成人後もケンカっぱやいところがあったという。

刃物向けて結婚迫る※2

24歳で結婚した妻・信子を狂おしいまでに想っていた独歩は、彼女の両親に結婚を反対される中で信子に刃物を突き付けて結婚を強いたという。しかしその後、信子が逃げ出し離縁。その後も数年に渡り、信子を想う未練の詩をいくつも残すほど情熱的。

独歩最期の地にも見舞う友※3

独歩の渋谷の家を訪ねて以来の友人・田山花袋。家主留守中にも家にあがり独歩の蔵書を読み耽っていたという彼とは、明治30年に共著『抒情詩』を刊行（『独歩吟』収録）。最期の地・茅ケ崎にも見舞い、葬儀で弔辞を読んだのも花袋だ。

クリスチャン

民友社

執筆活動への目覚め※1

学生時代に民友社系・青年文学会に参加し、社長の徳富蘇峰と出会う。三度目の上京で民友社に入社。「国民新聞」の記者として従軍記者に。

敬虔なクリスチャン

16歳で上京し、東京専門学校（現・早稲田大学）へ進学して政治家を目指すも現実に失望し、友人の影響で洗礼を受けてクリスチャンに。その後、クリスチャンが故の偏見に遭う。

西暦	年齢	できごと
1871年 明治4年	0歳	千葉県銚子に生まれる。幼名は亀吉。
1876年 明治9年	4歳	裁判所書記官の父が転勤。山口へ移住。
1885年 明治18年	14歳	山口中学校初等科へ入学。
1888年 明治21年	16歳	東京専門学校（現・早稲田大学）英語普通科入学。
1891年 明治24年	19歳	学生運動に参加後、退学。山口で私塾を開くも半年で閉鎖。
1894年 明治27年	23歳	家族と共にいた山口から弟・収二と共に上京。民友社入社し「国民新聞」の日清戦争従軍記者として戦地へ。（※1）
1895年 明治28年	24歳	大恋愛の末、佐々城信子と結婚。
1896年 明治29年	25歳	信子失踪の末、離縁。（※2）
1897年 明治30年	26歳	『独歩吟』発表。処女作『源叔父』発表。
1898年 明治31年	27歳	『武蔵野』発表。治と結婚。
1901年 明治34年	30歳	『牛肉と馬鈴薯』発表。
1903年 明治36年	32歳	月刊グラフ雑誌「東洋画報」編集長に抜擢。
1906年 明治39年	35歳	近事画報社倒産を経て独歩社設立。翌年破産。
1908年 明治41年	36歳	結核で神奈川県茅ケ崎にて死去。（※3）

あの人に聞いた！独歩さんのコト、教えて!!

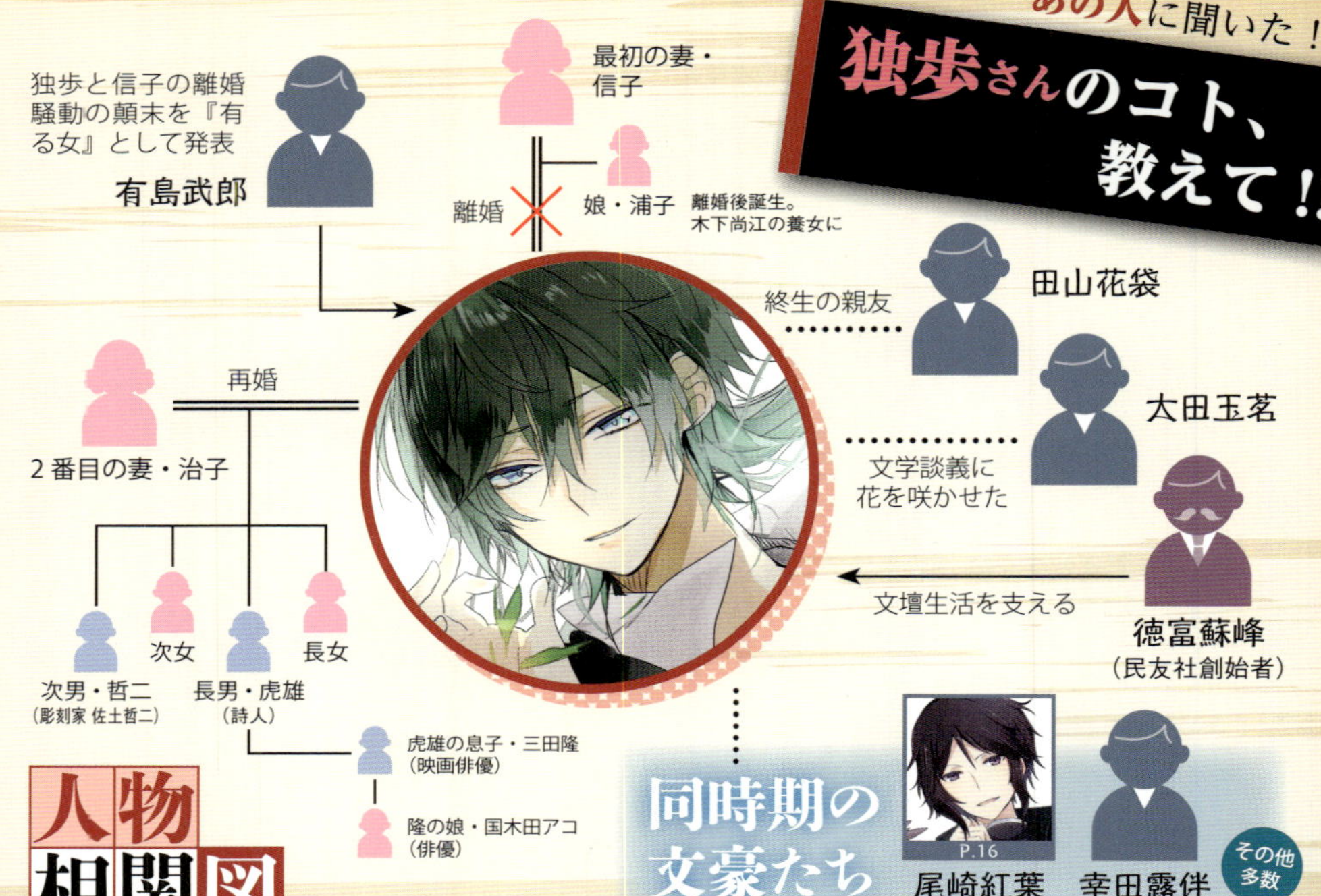

> 彼（独歩）も秋の日を人懐かしく思っていたのであった。
>
> 田山花袋

渋谷に住む独歩を、田山花袋が訪ねて始まった友情は、独歩の葬儀で花袋が弔辞を読むという、それこそ最後の最期まで続いた。

そんな2人の出会いは田山の随筆『丘の上の家』から知ることができる。当時の渋谷は畑に囲まれた田園地帯。兼ねてから評判の独歩に会おうと歩く田山の目に飛び込んできたのは、丘に立つ小さな家と、「秋の午後の日蔭を受けて、ぽつねんと立ってている」独歩だった。「国木田君は此方ですか」「僕が国木田」とのやりとり後、「よく来てくれた」と告げた独歩は訪ねてきた田山にカレーライスを作ってふるまったという。長き友情はこうして始まった。

> 国木田君の様子はがらりと変わって編集も校正も手につかない、非常に間違う。
>
> 徳富蘇峰

従軍取材から戻り、徳富蘇峰を介して16歳の佐々城信子に出会ってからの独歩の仕事ぶりを「まるで人が2人になった様で以前の国木田君の仕事とは受け取れない」と語る蘇峰。仕事が手に就かないほど信子に魅せられた独歩は、社交的で洗練された彼女をデートに連れ出せば、少しの間も離れていられずに腕を組んだり接吻したりと彼女に夢中。しかし当時、新聞記者の社会的地位は低く、良家の子女・信子の交際に彼女の両親は反対するが、独歩の粘り勝ちで結婚が認められる。「われが恋愛はついに勝ちたり。われは遂に信子を得たり」と日記に記す彼の情熱が伺える。

声に出したい名文　山林に自由存す　われ此句を吟じて　血のわくを覚ゆ　『抒情詩』

私は怖くて怖くて否応なしに結婚することに。
佐々城信子

独歩と信子の結婚生活は半年も経たないうちに崩壊。貧しい暮らしの経験のない信子は独歩の元から姿を消し、血眼になって行方を探す独歩が彼女を見つけのは失踪から6日後のこと。衰弱して入院する信子の別れの意志は強く、説得の甲斐なく2人は離縁する。しかしじつは2人の恋愛には別の一面が。信子の従姉妹・相馬黒光の手記「国木田独歩と信子」では、独歩の男尊女卑な態度などに嫌気が差した信子の気持ちは、結婚話の頃に冷めていたが、2人きりの折、刃物を突き付け結婚を強いる独歩に恐怖し、承諾せざるを得なかった、と書かれている。独歩の情念の深さを感じるエピソードである。

弟の収二さんがいたから独歩の西下は金策などをかねての要件ではなかったかと思う
水守亀之助

独歩の8歳下の弟・収二は、独歩が東京専門学校を退学して郷里に戻り、兄が私塾を開いた際には塾生としてその元で学び、塾閉鎖後は兄と上京。その後、独歩が大分県の佐伯で教師になった際にも、3度目の上京にも同行している。独歩が従軍記者として戦地から記事を送る際も、同じ社に勤める収二へ宛てる兄からの手紙の形式で執筆し、大人気に。傷心の京都滞在も同行、渋谷や麹町でも共に暮らした収二。

水守亀之助の『わが文壇紀行』では、独歩社の経営難で金策に回る独歩が、当時神戸新聞にいた弟を頼ってきたことが記されている。独歩の背後に常に寄り添う弟有り、だ。

声に出したい名文

武蔵野を散歩する人は、道に迷うことを苦にしてはならない。どの道でも足の向く方へゆけば、必ずそこに見るべく、聞くべく、感ずべき獲物がある。

『武蔵野』

明治時代に活躍したその他の文豪

リアリズム小説の先駆者

二葉亭四迷【ふたばてい しめい】

1864年~1909年、江戸生まれ。坪内逍遙に師事し、評論『小説総論』、小説『浮雲』を発表した。作品数は少ないが、言文一致体を完成させ、日本初の近代リアリズム小説を描いた。朝日新聞特派員としてロシアへ渡るが、結核のため1909年に帰国の船上で客死する。

『浮雲』1887年~1889年発表

3人の男女の葛藤を通じ、明治という時代を風刺した近代リアリズム小説。明治中期の功利主義や官僚制の中で、職も恋人も失った官吏の心理を精密な口語文体で描く。1887年から毎年1編ずつ発表されていたが、執筆過程で学問や論理に対する疑問が生じたため、3編で中絶している。

過激な暴露小説を記す

田山花袋【たやま かたい】

1871年~1930年、群馬県生まれ。20歳のときに尾崎紅葉門下に入り、江見水蔭から指導を受ける。次第にフランス自然主義文学に共鳴し、発表した『重右衛門の最後』によって文壇に認められる。「文章世界」の主筆として《日本自然主義文学》の中心を成した。

『蒲団』1907年発表

中年の妻子ある作家の元に、女学生が弟子入りを志願してくる。作家、弟子、弟子の恋人の痴情と性について露悪的に描いた作品。花袋とその弟子がモデルになっており、赤裸々な《懺悔録》と称された。仮構より告白を重んじる日本自然主義の方向性を定めた。初の私小説ともいわれている。

考証の分野でも活躍

幸田露伴【こうだ ろはん】

1867年~1947年、東京生まれ。別号に蝸牛庵がある。井原西鶴などの江戸文学に親しみ、『露団々』などで文名を得る。「写実の紅葉、理想主義の露伴」と並び称され、紅露時代と呼ばれる明治文壇の一時代を築いた。のちに考証や史伝、随筆に活動の重心を移している。

『五重塔』1891~1892年発表

腕は良いが愚鈍なために「のっそり」と呼ばれる大工・十兵衛の、偏屈な名人気質を描いた中編小説。新聞「国会」にて連載された、露伴初期の代表作。五重塔建立のためにすべてをかけ、さまざまな妨害を受けながらも目標を達成する過程を描いている。男性的な理想を描いた芸道小説として知られる。

文壇以外にも多方面で活動

武者小路実篤【むしゃのこうじ さねあつ】

1885年~1976年、華族の家柄に生まれる。志賀直哉らと共に「白樺」を創刊、自己愛と自我尊重を掲げる《白樺派》の代表作家となる。人道主義の実践として、宮崎県に「新しき村」を建設した。作家以外にも画業や思想家として知られる。

『お目出たき人』1911年発表

主人公は理想実現のため1人の少女に求婚するが、少女は別の男と結婚してしまう。本人の失恋をモチーフに描かれた自伝的な短編小説。執筆中はまだ求婚中だったそうだ。純愛と性本能が交錯する青少年期の葛藤を独特の口語文体で描いた、本人のみならず白樺派の代表作といえる。

（新潮社／1999年）

人道主義を実践

有島武郎【ありしま たけお】

1878年～1923年、東京生まれ。在学中にキリスト教の感化を受け、卒業後渡米し社会主義に傾倒。帰国後に「白樺」の創刊に参加、人道主義文学の中心として活動した。その思想から私有牧場を解放して共生農園を建設。46歳のとき人妻と心中した。

『生まれ出づる悩み』 1918年発表

北海道出身の画家・木田金次郎をモデルとした短編小説。画家を目指しながら漁師を営む青年の、家業と芸術への情熱の相克に悩む姿を描いた。主人公の姿を通し、武郎の芸術観が描かれている。「愛の本体は惜しみなく奪うものだ」の名言で知られる。

異国文化に親しんだ詩家

北原白秋【きたはら はくしゅう】

1885年～1942年、福岡生まれ。異国情緒豊かな環境で育ち、早くから短歌や詩で認められる。新詩社に入り「明星」の新人作家筆頭となるが、のちに脱退、木下杢太郎らと共に耽美派の文学の拠点となる《パンの会》を結成、「スバル」の創始に関わる。後年の作風は自然賛美に転換し、童謡、民謡を数多く残している。

『邪宗門』 1909年発表

およそ120編からなる詩集。タイトルの「邪宗」とはキリスト教を差している。新詩社での長崎・天草旅行、上田敏訳の『海潮音』の影響を受けた、異国情緒や感覚・官能の陶酔を歌う幻想的な象徴詩が納められており、後年の純日本的な作風と対比される作品。

女流作家の第一人者

樋口一葉【ひぐち いちよう】

1872年～1896年、東京生まれ。中島歌子の《萩の舎》にて和歌と古典を学び、のちに商業作家を目指して小説家の半井桃水に師事。桃水主宰の「武蔵野」に処女作『闇桜』を発表。次々に小説や和歌、随筆を発表し、25歳という若さで夭折した。作品はほぼ没前1年間で書かれたことから、この期間は《奇跡の1年》と呼ばれている。

『たけくらべ』 1895～1896年

「文学界」にて発表された短編小説。吉原遊郭近辺を舞台に、寺の跡取りと、遊女になることが決まっている少女の淡い恋を、写実と抒情が融合した雅俗折衷体で描いている。本作で森鷗外や幸田露伴などから賞賛を受け、女流作家の第一人者となった。

東京都文京区菊坂町の旧居跡付近にある「一葉の井戸」。

情熱的な恋の歌人

与謝野晶子【よさの あきこ】

1878年～1942年、大阪生まれ。女学校卒業後、家業を手伝いながら独学で古典を学ぶ。「明星」の主宰・与謝野鉄幹と出会い上京。歌集『みだれ髪』で大きな反響を呼び、新詩社を代表する歌人となる。長詩「君死にたまふことなかれ」(『晶子詩篇全集』収録)は反戦詩として知られる。詩歌以外でも、婦人解放論を中心に幾多の評論を残し、『源氏物語』の現代語訳などの功績も残す。

『みだれ髪』 1901年発表

「明星」にて発表された歌を中心に399首を収録。その多くが鉄幹との恋愛を描いたもので、激しい愛の情熱を歌っている。平安朝女流歌人の伝統を引き継ぎつつ、奔放な本能による恋愛賛美を艶やかに表現しており、浪漫主義短歌の指標となった。結婚前の刊行のため、旧姓の名義になっている。

コラム

日本の思想家・評論家 〜明治時代を中心に〜

明治時代

主な作品年表

西暦（元号）	作品名	著者名
1872年（明治5年）	**『学問のすゝめ』**	**福沢諭吉**（※1）
1874年（明治7年）	機関紙『明六雑誌』	明六社
1875年（明治8年）	『文明論之概略』	福沢諭吉
1883年（明治16年）	『維氏美学』	中江兆民
1885年（明治18年）	**『小説神髄』**	**坪内逍遥**（※2）
1886年（明治19年）	『将来之日本』	徳富蘇峰
1889年（明治22年）	雑誌**「しがらみ草紙」**	**森鷗外**（※3）
1991年（明治24年）	『真善美日本人』	三宅雪嶺
1992年（明治25年）	『文学一斑』	内田不知庵
1893年（明治26年）	**『内部生命論』**	**北村透谷**（※4）
	『芭蕉雑談』	**正岡子規**（※5）
	『基督信徒のなぐさめ』	内村鑑三
1897年（明治30年）	『所謂社会小説を論ず』	高山樗牛
1898年（明治31年）	**『歌よみに与ふる書』**	**正岡子規**（※5）
1903年（明治36年）	『社会主義神髄』	幸徳秋水
1905年（明治38年）	『壺中観』	田岡嶺雲
1906年（明治39年）	『幻滅時代の芸術』	長谷川天渓
	『神秘的半獣主義』	岩野泡鳴
1908年（明治41年）	『文芸上の自然主義』	島村抱月

【文学的価値観の破壊と再創造】

明治時代に入り、江戸幕府以前の封建的な価値観が崩壊すると、西周、中村正直といった思想家によって、西洋思想がこぞって紹介されるようになった。なかでも、**福沢諭吉**（※1）による**『学問のすゝめ』**は、当時の青年層に大きく影響を及ぼしたとされている。

思想の文明開化が浸透してくると、文学における文明開化も意識されるようになっていくが、その先駆けとなったのが**坪内逍遥**（※2）の**『小説神髄』**である。坪内は勧善懲悪という従来のパターンを打破し、善悪を考えずに小説を書くことを説いた。これにより写実主義が生まれ、二葉亭四迷や尾崎紅葉といった作家が台頭していくことになる。と同時に、新しい文学作品を分析し問題を投げかける「評論」が日本にも定着。ドイツ留学を終えた**森鷗外**（※3）は雑誌**「しがらみ草紙」**を発刊するが、これは日本初の評論雑誌であった。鷗外自身も逍遥の写実主義に疑問を投げかける評論を書き、論争を起こしている。

やがて、**北村透谷**（※4）による雑誌「文学界」を中心に、近代的な自我の芽生えを描く浪漫主義運動が盛り上がると、北村は**『内部生命論』**によって、身体的な生命とは別の精神的な生命の実存を主張した。

俳句や短歌においても従来の価値観を否定する革新運動が起こり、**正岡子規**（※5）がいくつかの評論を著している。

『学問のすゝめ』 福沢諭吉（1872年発表）

（岩波書店／1978年）

人間の平等、個人の自由、国家の独立を論じた啓蒙書で17編から成る。学問の大切さと利益を説き、日本に功利主義を定着させる原動力となった。

『小説神髄』 坪内逍遥（1885年発表）

（岩波書店／2010年）

江戸文学にみられる勧善懲悪主義を打破し、登場人物の心理や感情をありのままに描写する写実主義を提唱した。日本近代文学の出発点となった小説論である。

年	作品	人物
1910年（明治43年）	『時代閉塞の現状』	石川啄木
	『遠野物語』	柳田国男
1911年（明治44年）	『善の研究』	西田幾多郎
1912年（大正元年）	雑誌**『近代思想』**	**大杉栄**（※6）
1919年（大正8年）	『志賀直哉論』	広津和郎
1921年（大正10年）	雑誌**『種蒔く人』**	**小牧近江**（※7）
1922年（大正11年）	**『宣言一つ』**	**有島武郎**（※8）
1926年（昭和元年）	『自然生長と目的意識』	青野季吉
1928年（昭和3年）	『プロレタリア・レアリズムへの道』	蔵原惟人
	『誰だ？花園を荒らす者は』	**中村武羅夫**（※9）
1929年（昭和4年）	『政治的価値と芸術的価値』	平林初之輔
1930年（昭和5年）	**『アシルと亀の子』**	**小林秀雄**（※10）
1934年（昭和9年）	『文学のために』	林房雄
1935年（昭和10年）	『純粋小説論』	横光利一
1938年（昭和13年）	『人生論ノート』	三木清
1946年（昭和21年）	**『無常といふ事』**	**小林秀雄**（※10）
	『第二芸術—現代俳句について—』	桑原武夫
1947年（昭和22年）	『小説の方法』	伊藤整
1950年（昭和25年）	『風俗小説論』	中村光夫
1951年（昭和26年）	『現代文学に現れた知識人の肖像』	亀井勝一郎
1959年（昭和34年）	**『作家は行動する』**	**江藤淳**（※11）
1960年（昭和40年）	**『言語にとって美とはなにか』**	**吉本隆明**（※12）

大正時代

［プロレタリア文学の芽吹き］

大正時代はプロレタリア（労働者）文学の胎動期。日本の社会運動家のなかで、いち早く文壇に接近した**大杉栄**（※6）は雑誌**「近代思想」**を創刊。評論や小説を通して自身の思想を大衆に投げかけていった。その後、**小牧近江**（※7）が**「種蒔く人」**を発刊し、反軍国主義、反資本主義を貫くさまざまな文人が作品を発表している。プロレタリア文学が浸透すると、**有島武郎**（※8）が**『宣言一つ』**を発表。労働者階級出身の作家にしか真のプロレタリア文学は書けないと主張し、論争を巻き起こした。

『日本脱出記』 大杉栄（1923年発表）

（土曜社／2011年）

ベルリン国際無政府主義大会への招待状を受け取った大杉が日本を密かに脱出し、パリで過ごした様子を綴った手記。時代を駆け抜けた男の絶筆でもある。

昭和時代

［現代批評様式の確立］

昭和に入るとプロレタリア文学が一層の盛り上がりを見せるようになるが、その一方で文学と政治は別物であるべきだという芸術派運動が起こってくる。**中村武羅夫**（※9）はその著書によって、プロレタリア文学陣営に転向する作家やその風潮を糾弾した。

第二次世界大戦終了後、**小林秀雄**（※10）はその美意識や言語観に基づく作品により、批評を文学の1ジャンルにまで高めたといわれている。昭和30年代には**江藤淳**（※11）や**吉本隆明**（※12）といった新興批評家が注目されるようになり、現代文芸批評の礎を築いた。

『考えるヒント』 小林秀雄（1959年発表）

（文藝春秋／2004年）

昭和34年から「文藝春秋」に連載されたエッセイをまとめた名著。身近な題材をテーマに繰り広げられる批評の数々は、読者に新鮮な視点を提供してくれる。

『作家は行動する』 江藤淳（1959年発表）

（講談社／2005年）

言語と文体に注目した初期批評の代表作。文豪たちの綴った文体の特徴から、作品の本質にアプローチするという画期的な批評スタイルで注目を集めた。

No.

大正時代

1912年〜1926年

1912年（大正元年）	7月30日	大正改元
	9月13日	乃木希典（のぎまれすけ）陸軍大将 殉死
1914年（大正3年）	7月28日	第一次世界大戦開戦
1918年（大正7年）	11月11日	第一次世界大戦終結
1920年（大正9年）	1月10日	国際連盟発足（日本も加盟）
1921年（大正10年）	11月4日	原敬（はらたかし）暗殺事件（当時の内閣総理大臣）
1923年（大正12年）	9月1日	関東大震災
1924年（大正13年）		第二次護憲運動（ごけんうんどう）（立憲政治を擁護する運動）勃発
1925年（大正14年）	3月22日	日本初のラジオ放送開始
1926年（大正15年）	12月25日	大正天皇崩御（ほうぎょ）、同日昭和に改元

【反自然主義】

明治40年代の文壇の主流であった自然主義と対立した思潮。余裕派（7ページ）、耽美派、白樺派と呼ばれる作家たちが、文学のあり方を追求した。


【耽美派】

反自然主義の一派。フランス・イギリスで起こった思潮の流れを汲み、美を至高とし官能的な世界を描く。反社会的思潮から悪魔主義などと呼ばれることもある。「スバル」「三田文学」や第二次「新思潮」の3雑誌が代表される。（谷崎潤一郎『痴人の愛』（大正13年）などが代表）

【白樺派】
反自然主義の一派。明治40年創設の雑誌「白樺」から生まれる。大正デモクラシーなど自由主義の風潮を背景に、人間の生命を高らかに謳い、明るい理想を掲げ、自我・個性を尊重する作品を残した。（志賀直哉『城の崎にて』（大正6年）、有島武郎『或る女』（大正8年）などが代表）
また、武者小路実篤が理想郷を目指して《新しき村》を建設（大正7年）し、有島武郎が有島農場を開放（大正11年）するといった、文壇から離れた理論の実践も試みられた。

【新現実主義】

第一次世界大戦を背景に、大正中期～後期に生まれた思潮。耽美派、白樺派の理想主義が、《現実》を見失っているのではないかと疑い、新しい視点で《現実》を見直す。


【新思潮派】

新現実主義の一派。雑誌「新思潮」の第三次（大正3年）・第四次（大正5年）に集まった作家が中心となる。人間の醜悪さ、現実の矛盾を理知的に描く。（芥川龍之介『羅生門』（大正4年）、菊池寛『恩讐の彼方に』（大正8年）が代表）

【私小説】

自然主義文学（7ページ）、新現実主義文学に代表される。作者を主人公にし、自身が直接経験したことをそのままに描く小説のこと。「心境小説」とも呼ばれる。


明治末期の主流であった《自然主義》を否定した、《反自然主義》が大正文学の中心となる。大正中期から後期にかけては、《新芸術主義》が盛んに。また一方で《大衆文学》も人気を集めた。

古今東西の物語を描く新技巧派の旗手
芥川龍之介【あくたがわりゅうのすけ】
〈大きな頭は知識の宝庫！〉
芥川の大きな頭は遺されている写真からもよくわかるが、その大きさは頭が大きすぎて帽子を求めるのに苦労したというほどだった。
〈水泳で体力づくり〉
幼い頃は体が弱く体力づくりのために、小学校から水泳を習い始めた。水泳に夢中になっていたことは日記にも記されている。
〈自画像は河童？〉
幼少期から妖怪に興味を示していた芥川は、自画像として河童の絵を好んで描いた。
明治・大正時代の小説家。夏目漱石に『鼻』を激賞され文壇に登場。幅広い教養を基盤に『羅生門』『舞踏会』など、さまざまな作風の短編を書き著した。
人気 五
モテ 三
リッチ 四
多作 五
ストイック 四
イラストレーター◆雨溜カサコ

芥川龍之介の構成要素

ぼんやりとした不安

芸術家魂

江戸下町感性

暗い生い立ち

人生よりも芸術が大事！

ヨーロッパ文芸の《厭世主義》や《懐疑主義》に魅せられた芥川は、いつしか人生そのものよりも芸術の中に価値を見出していく。

自殺事件は深刻な反響を呼ぶ※2

評論の中で自己の文学を完全否定するに至った芥川は、精神的に追いつめられ将来に対する《ぼんやりした不安》を理由に旅立ってしまう。

細やかな感性の形成

芥川家は下町的な江戸趣味を好む教養高い一家であった。家族全員が文学や美術を親しむ環境の中で芥川の文学的教養は養われた。

母親・フクの発狂※1

芥川が生後7ヵ月のときに生母のフクが突然発狂し、彼はフクの実家である芥川家で育てられた。不幸な体験は後年まで芥川の人生に暗い影を落とした。

西暦	年齢	できごと
1892年 明治25年	0歳	東京都京橋に生まれる。（※1）
1905年 明治38年	13歳	東京府立第三中学校（現・両国高校）に入学。
1913年 大正2年	21歳	東京帝国大学英文科に入学。
1914年 大正3年	22歳	第三次「新思潮」の創刊に参加。
1915年 大正4年	23歳	「帝国文学」に『羅生門』発表。
1916年 大正5年	24歳	第四次「新思潮」に『鼻』を発表し夏目漱石に絶賛される。
1918年 大正7年	26歳	塚本文と結婚。『蜘蛛の糸』『地獄変』などを発表。
1919年 大正8年	27歳	大阪毎日新聞社に入社。『蜜柑』『杜子春』などを発表。
1921年 大正10年	29歳	中国視察旅行に出かけ、文学観を見つめなおす。
1922年 大正11年	30歳	神経衰弱に悩まされる。『藪の中』『トロッコ』などを発表。
1923年 大正12年	31歳	湯河原で静養しながら『侏儒の言葉』などを発表。
1926年 大正15年	34歳	健康の衰えが激しくなり神経衰弱が悪化し、不眠症に陥る。
1927年 昭和2年	35歳	《ぼんやりした不安》を理由に田端の自宅で睡眠薬自殺。（※2）

大正時代 芥川龍之介

あの人に聞いた！

芥川さんのコト、教えて!!

人物相関図

谷崎潤一郎　論争

夏目漱石（P.12）　師匠

一高時代の親友

井川（恒藤）恭

結婚

妻・塚本文

三男・也寸志　次男・多加志　長男・比呂志

菊池寛

久米正雄

晩年に親交

小穴隆一

同人仲間

山本有三　土屋文明

松岡譲

優秀だった芥川は無試験で第一高等学校へと進んだ。そこで、生涯の親友となる学者肌の秀才・井川（のちに恒藤）恭と出会う。規則正しい生活を貫き道徳心をもち合わせた井川の優れた人柄については、芥川のエッセイ『恒藤恭氏』にも記されている。一高時代の芥川は文展（のちの日展）や音楽演奏会などへ足を運び、また「椒図志異」というノートを作り読んだ本や井川から聞いた話をメモして創作につながる知識を蓄えていった。一高の同級には石田幹之助、菊池寛、久米正雄、佐野文夫、成瀬正一、松岡譲らがおり、いずれも学者や文筆家としてのちに名を成す人物たちと青春時代を過ごした。

恒藤恭は一高時代の親友なり。

芥川本人

技巧派の作家として文壇を賑わせる芥川も婚約者の塚本文へ宛てた手紙の中では、恋しい女性への想いをストレートに伝えている。書簡の中では文のことを「文ちゃん」と呼び、忙しい仕事の合間でも彼女のことを思い出しては切なくなると素直な想いを平易な文章で綴っている。

1918年に念願かなって文と結婚した芥川は、生活の安定を得るために大阪毎日新聞社と社友契約を結び『奉教人の死』や『枯野抄』などの優れた作品を次々と生み出していく。結婚後は生涯のうちで最も創作意欲にあふれた時期を迎え、後年とは比べ物にならないほどのスピードで作品を書き上げていった。

僕は文ちゃんが好きです。それでよければ来て下さい。

芥川本人

声に出したい名文

外には、ただ、黒洞々たる夜があるばかりである。下人の行方は、誰も知らない。

『羅生門』

もとより夏目作品に親しみ　尊敬していた芥川龍之介

文豪 夏目漱石

素敵だ…

中学生の頃には『我輩も犬である』というパロディエッセイを書いてしまう程であった

夏目漱石という作家の存在は、芥川にとって憧れの作家というだけに留まらず、人生に大きな影響を与えた人物だった。中学生時代に作った雑誌「碧潮」に漱石の『吾輩は猫である』をもじって『吾輩も犬である』という漱石へのオマージュともとれるようなエッセイを書いている。

また、漱石の文学作品だけではなく、その人柄にも強く惹きつけられていたようで、木曜の夜に「漱石山房」で開かれていた集会《木曜会》の常連メンバーとなっていた芥川は、漱石との接近により高まった創作熱を第四次「新思潮」の中で発揮していく。そして、『鼻』が漱石に大絶賛され華々しく文壇へとデビューした。自分に文学を教え人生の道を拓いてくれただけに、漱石の死は、芥川にとって精神的に大きな打撃となった。

お前のデスマスクは俺が描いてやるからな……。

小穴隆一

精神的に衰弱してゆく晩年の芥川が、最も親しくした友人は、画家の小穴隆一であった。芥川は小穴との出会いを「一生のうちでも特に著しい事件」だと語り『或阿呆の一生』の中では「この画家の中に誰も知らない詩を発見した」とまでいっている。以後、小穴は仕事上でも芥川の本の装幀を手がけるなどして親交を深めていく。

自殺に際しても芥川は小穴を訪ね直接自殺の決意を告げており、遺言に従い小穴がデスマスクを描いた。

声に出したい名文　ある日の事でございます。御釈迦様は極楽の蓮池のふちを、独りでぶらぶら御歩きになっていらっしゃいました。

『蜘蛛の糸』

日本文壇の大御所
菊池寛【きくちかん】
〈多趣味〉
将棋や麻雀、競馬、ダンスなど多趣味。馬主でもあり、天皇賞の前身にあたる賞をもち馬で勝ったこともある。
〈本名は「ひろし」〉
戸籍での呼び名は「ひろし」。幼少時代から周囲に「かん」と呼ばれており、本人も気に入っていたという。
大正・昭和時代の小説家・劇作家・実業家。芥川龍之介らと「新思潮」を創刊。のちに文藝春秋社を創設した。代表作に『父帰る』『恩讐の彼方に』など。
人気 二
モテ 三
リッチ 五
多作 三
ストイック 三
イラストレーター◆BISAI

菊池寛の構成要素

実業家

親分肌

若手作家に活躍の場を！※1

小説家として成功し金銭的に余裕がもてるようになると、文芸家の地位向上や生活の安定を目指し私費で文藝春秋社を設立。若手作家に活躍の場と原稿料を与えるために、雑誌「文藝春秋」を創刊した。現在まで、この雑誌を足がかりに世に出た作家は数えきれない。

社長の見る目に狂いなし※1

創刊当初、わずか3千部だった「文藝春秋」は、菊池の確かな人選によって良質な作品が多数掲載され、着実に読者を増やしていった。創刊3年目には11万部を突破し、商業的にも大成功を収めた。

西暦	年齢	できごと
1888年 明治21年	0歳	香川県香川郡高松に生まれる。
1910年 明治43年	22歳	第一高等学校文科に入学。
1913年 大正2年	25歳	友人の窃盗事件に巻き込まれ退学。京都大学に入学。
1916年 大正5年	28歳	第四次「新思潮」を創刊。時事新報社に入社する。
1917年 大正6年	29歳	『父帰る』を発表。奥村包子と結婚。
1920年 大正9年	32歳	『真珠夫人』で人気作家となる。
1921年 大正10年	33歳	小説家協会を設立する。
1923年 大正12年	35歳	文藝春秋社を設立し、雑誌「文藝春秋」を創刊。（※1）
1928年 昭和3年	40歳	衆議院議員選挙に立候補するも落選。
1935年 昭和10年	47歳	芥川賞と直木賞を創設する。
1940年 昭和15年	52歳	文芸銃後運動（文学者による国威発揚）を発案。
1947年 昭和22年	59歳	公職追放の指令を受け、将棋などをして過ごす。
1948年 昭和23年	59歳	狭心症の発作により死去。

あの人に聞いた！

菊池さんのコト、教えて!!

人物相関図

一高同級生

久米正雄　芥川龍之介

賞を創設

親友

結婚

妻・包子

賞を創設

直木三十五

島崎藤村

「文藝春秋」執筆陣

経済援助

後進作家

川端康成　横光利一

同級生の罪をかぶって退学したんだ。

久米正雄

僕はお気に入りだったので、10円札でしたよ。

川端康成

第一高等学校（東京大学の前身）に入学した菊池は、寄宿舎に入り青春を謳歌した。仲間に恵まれ、文学談義に花を咲かせる毎日はさぞ楽しいものだったに違いない。

そんなある日、金に困った同級生が、一高生のシンボルであるマントを別の学生から盗み、事情を知らない菊池に質入れさせるという事件が起きる。菊池は同級生を守るため、罪をかぶって退学。十数年後、自分の半生を著すまで真相を明かすことはなかった。芥川龍之介はこのとき既に自殺していたため、菊池を誤解したまま逝去したことになる。親友にすら沈黙を貫いた男気は、見事としか言いようがないだろう。

幼少時代、教科書を買ってもらえないほど貧しかった菊池は、「文藝春秋」の成功によって大金を手にしても、しっかりとした経済観念をもっていた。また、かつての自分のように貧困にあえぐ作家を助けたいと、後進への経済的援助を惜しまなかったという。いつもズボンのポケットにはクシャクシャに丸めた紙幣を入れ、交流した若手に気前よく渡していた。しかし誰にでも同じように渡したわけではなく、才能を買っている有望株には高額紙幣、そうでもない者には低額紙幣と区別していたらしい。情に厚いだけでなく、ビジネスの行く末も見据えた行動はさすが文藝春秋社を創りあげた実業家である。

声に出したい名文

市九郎は一心不乱に槌を振った。槌を振っていさえすれば、彼の心には何の雑念も起らなかった。…中略…ただそこに、晴々した精進の心があるばかりであった。　『恩讐の彼方に』

まさかこんなに有名な賞になるなんて……。

直木三十五

一高時代の同級生であった菊池と芥川龍之介は、菊池が退学したのちに親交を深め大親友となった。「文藝春秋」の創刊号巻頭には芥川の『侏儒の言葉』が掲載され、芥川が自殺するまで巻頭ページを飾りつづけた。「文藝春秋」の成功は、大人気作家であった芥川の力によるところも大きいのだ。

また、菊池の友人であり、時代小説で活躍した直木三十五も売り上げに貢献したといえるだろう。

昭和に入り芥川、直木という屋台骨が亡くなると菊池は落胆。直木の臨終の際は、病室で声をあげて号泣したという。やがて2人の友人の業績を称え文壇に名前を留めるとともに、人気作家の抜けた穴を埋める人材を発見すべく「直木賞」「芥川賞」を発案した。それから80年あまり。日本文壇の中で最も権威ある賞として知られるようになることを、菊池は予想していたのだろうか。

惚れやすくって浮気者。大変でした。

妻・包子

面倒見のいい菊池はその性格からだろうか、恋愛関係も自由奔放で、結婚した後も多くの女性と親密になっては妻・包子を悩ませた。

また、若い頃は同性愛の指向もあり、中学時代の恋人は4学生下の美しい少年であったという。現在も、この恋人に宛てて熱烈な愛の言葉を綴った手紙が、多数保存されている。

声に出したい名文

男性に弄ばれて、綿々の恨みを懐いている女性の生きた死骸のために復讐をしてやりたいと思いますの。本当に妾だって、生きた死骸のお仲間かも知れませんですもの。『真珠夫人』

志賀直哉【しがなおや】

父との確執と友との時間

銀座・久兵衛の寿司が好きであることや、日本橋の寿司屋・蛇の市本店の名づけ親であるほど食通の直哉は、昆虫も好んで食べたそう。

〈無類の将棋好き〉

将棋好きだった直哉は、強い相手に対しては駒落ちでハンデをもらうのを嫌い、格上だろうと挑んでいき、弱い相手にも容赦はなかった。

明治から昭和にかけて活躍した小説家。白樺派。宮城県石巻市に生まれ東京で育つ。代表作に『暗夜行路』『城の崎にて』『小僧の神様』などがある。

イラストレーター◆MW

志賀直哉の構成要素

生涯の友

学習院中等科で出会った武者小路実篤、柳宗悦らとは志も同じくし、同年代同世代の作家が集う同人誌「白樺」を創刊する。

小説の大きなテーマに※1

『清兵衛と瓢箪』『大津順吉』『和解』と、父との確執とその経緯が投影された作品が生まれている。

創作活動から神経衰弱

創作活動に没頭するあまり被害妄想が強くなり、父への不満も相まって、25歳の頃から精神衰弱に陥ってしまう。

2度に渡る父の反対※1

存外激しい感情を内に秘めていた直哉は、女中と恋に落ちるや結婚を求め家族の反対にあい、武者小路実篤の従妹・康子との結婚では父の元から籍を抜いてでも結婚を完遂。

生涯に26度の引っ越し

戦前に住んでいたのは生まれた石巻をはじめ、東京府、さらに千葉県我孫子市、京都市、奈良市など、戦後は東京から静岡県熱海などへも移住している。

西暦	年齢	できごと
1883年 明治16年	0歳	陸前石巻（現在の宮城県石巻）に生まれる。
1889年 明治22年	6歳	学習院の初等科入学。
1901年 明治34年	18歳	足尾銅山鉱毒事件の見解で父と衝突。父と不和へ。（※1）
1906年 明治39年	23歳	東京帝国大学（現・東京大学）入学。
1907年 明治40年	24歳	女中と恋に落ちるも結婚について父の反対にあい衝突。
1908年 明治41年	25歳	処女作『或る朝』発表。
1910年 明治43年	26歳	文芸雑誌「白樺」創刊。『網走まで』発表。東京帝国大学中退。
1912年 大正元年	29歳	父との不和により広島尾道市に移住。
1914年 大正3年	31歳	武者小路実篤の従妹・勘解由小路康子と結婚。京都へ移住。
1917年 大正6年	34歳	『城の崎にて』『和解』発表。父と和解。
1921年 大正10年	38歳	『暗夜行路』前編を発表。1937年（昭和12年）後編を発表して完結。
1949年 昭和24年	61歳	文化勲章受章
1971年 昭和46年	88歳	肺炎と老衰により死去

人物相関図

谷崎潤一郎
P.84
友人／共に文化勲章を受章

尾崎一雄　小林多喜二　その他多数
慕う

雑誌「白樺」
創始メンバー　武者小路実篤
学習院時代からの友人　柳宗悦　有島武郎

妻・康子
※康子には前夫との子が１人あり
結婚
六女　五女　二男　四女　三女　長男（夭折）　二女　長女（夭折）

我孫子市※で居住（白樺派）
バーナード・リーチ　中勘助　滝井孝作　ほか
※白樺派の作家の多くが一時期居を構えた地

何の因果で貴様のような奴が生まれたのか！
父・志賀直温

志賀直哉の祖父・志賀直道は旧相馬中村藩主相馬家の家令であり、足尾銅山開発にも関わり、二宮尊徳の門人。さらに明治期の財界で重んじられる存在でもあった。そのような親をもつ父と、明治34年に足尾銅山鉱毒事件の見解について直哉は衝突。以降、女中との結婚を反対され、自身の小説を出版するための出費を頼めば職に就けと諭されるなど、衝突を繰り返してきた。その後、康子との結婚に反対された際に長年の衝突は頂点を迎え、ついに直哉は自ら進んで父の家から除籍されることに。しかし千葉県安孫子での康子との生活で落ち着きを取り戻した直哉は、34歳のときに父と和解を果たす。

何年たっても君は君 僕は僕 よき友達もって 正直にものを言う じつに楽しい２人は友達。
武者小路実篤

直哉と生涯の友・武者小路実篤の出会いは学習院中等科時代。２歳違いながら、議論や文学好きの２人は親密になっていく。共に東京帝国大学へ進学し、１９１０年に学習院高等科出身の文学グループで文芸雑誌「白樺」を創刊。安孫子に共に移住するなど公私共に刺激しあう。病床で実篤の書を望んだ直哉に「この世に生きて君とあい 君と一緒に仕事した 君も僕も独立人 自分の書きたい事を書いてきた 何年たっても君は君 僕は僕 よき友達もって正直にものを言う じつにたのしい２人は友達」と認めて贈った実篤。それを枕元に置いて眺めながら、直哉は息を引き取ったという。

声に出したい名文　理屈の上に立っている場合、結果は益々悪くなるに決まっていた。　『和解』

どこへでも自転車で行くという熱きペダル魂をもっていた直哉

おや　自転車でお出かけですか?

ええ　まあ

本日はどちらまで?

千葉まで

え?

千葉まで

in.六本木

大正時代

志賀直哉

自転車気違いといってもいいほど乗り廻していた。

直哉本人

志賀直哉は『自転車』（1951年著）の中で、自分がどれほど自転車を愛しているかを記している。学校の往復はもとより、友達を訪ねるにも、買い物に行くにもいつも自転車だったという。当時はまだ自動車もなく、電車の往来もなかった頃。移動手段としては鉄道馬車があったが、一番主流だったのは人力車であったというそんな時代に、自宅のあった麻布三河台町（現在の六本木）から赤坂の三分坂、江戸見坂も自転車で滑走して、町で偶然に会った自転車乗りと競争することもしばしばあったという直哉。

繊細な文章で知られる彼の、知られざるやんちゃ時代なのかもしれない。

必ず一度お尋ねしたいと思い、楽しみにして居ります。

小林多喜二

『蟹工船』を発表し、特高による拷問で殺されたプロレタリア作家の小林多喜二。昭和5年から半年弱刑務所に収監されていた彼は、密かに尊敬していた直哉へ向け手紙を書いている。出獄後、当時奈良に住んでいた直哉を訪ねた多喜二は、志賀家に宿泊。趣味の将棋を誘った直哉に、自分はできないから、と断ったという多喜二。2人は束の間の懇談を交わす。その後の彼の死に、直哉はお悔やみ状を送り、「前途ある作家としても実に惜しく、又お会いしたことは一度でありますが人間として親しい感じを持って居ります。不自然なる御死去の様子を考えアンタンたる気持ちになりました」と記した。

声に出したい名文　生きている事、死んで了っている事と、それは両極ではなかった。それ程に差はないような気がした。

『城の崎にて』

梶井基次郎【かじいもとじろう】
人生の全てが鮮烈なまでに青春
〈生涯残った頬の傷〉
退廃的な生活をしていた学生時代に酒に酔って名うての無頼漢に喧嘩を挑み、ビール瓶で返り討ちされ頬に傷が残った。
〈チョイ悪男子〉
三高入学後、寮を出て上京区で下宿生活に入ると、煙草を吸い、酒も憶えた梶井。父が経営していたビリヤード場での遊びにもハマっていた。
大正、昭和時代の小説家。日本的自然主義や私小説の影響を受けつつも、近代日本文学の古典的な評価を受ける。代表作に『檸檬』『櫻の樹の下には』など。
人気 五
モテ 二
リッチ 四
多作 一
ストイック 三
イラストレーター◆荒木明

梶井基次郎の構成要素

ペンネームは梶井漱石!?※1

三高時代に文学に目覚めた梶井青年。『夏目漱石全集』を買い揃え、夢中で読み耽る日々。手紙には「梶井漱石」とサインをしていたほどの熱中ぶり!

友人たちも心配する無頼漢

泥酔してラーメン屋台をひっくり返す、喧嘩をしてビール瓶で殴られるなど、さまざまな逸話が残る梶井は風貌に無頓着。友人たちが金を出して散髪させたことも。

危うかった三高卒業※2

二度の留年と芳しくない成績で卒業が危ぶまれた梶井は、肺の病気で苦しいと人力車に乗って教授の元を訪れ、息も絶え絶えに卒業を頼み込んで卒業が叶ったという。

三高で運命の出会い※1

第三高等学校理科甲類へ進学するも寄宿舎で中谷孝雄、飯島正と同室となり彼らの文学談義に影響され、次第に志賀直哉や谷崎潤一郎に傾倒していく。

下宿は御洒落

下宿の部屋には自分好みの道具類で飾り、エリザベス朝時代の皿を置き、セザンヌやゴッホの絵を楽しむハイカラ男子だった。

西暦	年齢	できごと
1901年 明治34年	0歳	大阪市西区土佐堀に生まれる。
1909年 明治42年	7歳	東京市芝区二本榎西町(現・港区高輪)へ転居。芝白金(現・白金台)の私立頌栄尋常小学校転入。
1914年 大正3年	12歳	父の転勤で大阪市西区へ転居。
1918年 大正7年	16歳	結核性の病で寝込む。
1919年 大正8年	17歳	第三高等学校(現・京都大学総合人間学部)入学。(※1)
1920年 大正9年	18歳	三高入学後何度か発熱を繰り返し、転地療養の後、復学。
1924年 大正13年	22歳	三高卒業後、東京帝国大学文学部英文科入学。(※2)
1925年 大正14年	23歳	かつての同級生・大宅壮一らの同人誌「新思潮」に刺激され、同人誌「青空」を創刊。短編小説『檸檬』を発表。
1926年 大正15年	24歳	島崎藤村宅を訪問。「青空」を献呈。川端康成のいる伊豆の湯ケ島温泉へ転地療養へ。
1927年 昭和2年	25歳	川端の元で『伊豆の踊子』の校正を手伝うなど交流を深める。同人「青空」廃刊。
1928年 昭和3年	26歳	『櫻の樹の下には』発表。毎日のように血痰を吐く
1930年 昭和5年	27歳	肺炎で寝込みながら作品を発表。
1932年 昭和7年	31歳	雑誌「中央公論」に『のんきな患者』を発表。続稿を考えているなか、容体が悪化し永眠。

あの人に聞いた！

梶井さんのコト、教えて!!

人物相関図

> 遊郭へ彼を始めて連れて行ったのである。それ以来梶井は、時々その夜のことを呪うように……。
>
> 中谷孝雄

旧制第三高等学校に進学した梶井はその後、やはり小説家となる終生の友人・中谷孝雄と出会い、文学へと傾倒する。酒を煽り、遊郭へ通い、享楽に身を任せるようになった梶井だったが、そんな彼の放蕩生活のきっかけとなった遊郭での童貞喪失。梶井は時々、童貞を失ったその夜のことで友人たちをなじったようだが、酔った梶井の言葉に友人たちは笑い、全く取り合わなかったのだとか。

無頼漢で酔うと喧嘩をしたり、公共物に殴りかかったりと、少々面倒なところがあったという学生時代の梶井ながら、友人たちにはとても愛されていたことが伺える。

> 彼は静かに、注意深く、楽しげに、校正に没頭してくれたようであった。
>
> 川端康成

1926年、肺結核の悪化により伊豆湯ヶ島温泉で療養生活に入った梶井は、その地で川端康成や萩原朔太郎、宇野千代らと親交を深めるなか、川端の『伊豆の踊子』の校正を手伝うことに。その様子を川端はこう記している。

「梶井君は私の作品集『伊豆の踊子』の校正をすっかり見てくれた。誤植や私の字癖の細かい注意を彼から受けながら、私は少なからず狼狽したのである。（中略）彼は私の作品の字の間違いを校正したのでなく、作者の心の隙を校正したのであった。そういう感じが自然と私に来た。」

真摯に向き合う梶井の性質を感じさせる、川端との交流の記憶である。

声に出したい名文　丸善の棚へ黄金色に輝く恐ろしい爆弾を仕掛けてきた奇怪な悪魔が私で、もう十分後にはあの丸善が美術の棚を中心として大爆発をするのだったらどんなに面白いだろう。『檸檬』

私は梶井の話も、その書くものも、好きなのであった。

宇野千代

親友・中谷孝雄を「梶井の生涯に於けるそれが唯一度の厳粛な恋愛だったと信じて疑はない」と言わしめたのは小説家・宇野千代との出会いだった。夫・尾崎士郎と共に川端の招きで湯ヶ島にやってきた千代と梶井は急速に接近。尾崎が湯ヶ島を離れた後も千代は残り、梶井との親交を深める。後日「梶井さんとの思い出」で彼女は「私は梶井さんの文学態度がとても好きであった。友だちとしても人柄に手応えがあって、よく話があった。私も若かったので、人の居る間で、文学のこととか感情とが一緒くたになった印象を与えたのであろう」と記す。今となっては実際の恋愛感情云々はわからないが、梶井にとっては恋であった、と中谷は言う。これを機に尾崎と千代は離縁をするが、梶井の想いに応えることはなかった。

文學という魔術にもたれかかっていない大人という感じがした。

伊藤整

梶井と同じ下宿で親交のあった小説家・伊藤整は「若い詩人の肖像」で梶井を紹介。「彼には若い詩人や文学青年が共通してもって居り、私もそれを人に見せるのではないかと気にしているところの性的な抑圧からくる陰鬱さがなかった。自分自身を整理し切っており、文学という魔術にもたれかかっていない大人という感じがした」と記す。

湯ヶ島から戻った梶井の、病身を抱えながらどこか達観しているような様子と作家としての芯が伝わる。

声に出したい名文　桜の木の下には　屍体が埋まっている!　『櫻の樹の下には』

恋に振り回された詩人
島崎藤村【しまざきとうそん】
〈勉強好きは父親譲り〉
父は村の子供たちに勉学を教える「寺子屋のお師匠様」であり、平田派の国学者でもあった。藤村は父から論語や人倫五常の教えを習ったという。
〈教典と感情で揺れるキリシタン〉
ミッション系の学校に通い、在学中に洗礼を受けている。禁欲的な思想と自身の情熱に強いジレンマがあった。
岐阜県出身の詩人、小説家。教鞭を執るかたわら、「文学界」を中心に活躍した浪漫派詩人。代表作は詩集『若菜集』、小説『破戒』『春』など。
人気 二
モテ 四
リッチ 二
多作 二
ストイック 二
イラストレーター◆poni

島崎藤村の構成要素

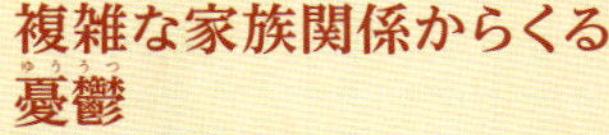

複雑な家族関係からくる憂鬱

父と長姉は狂死しており、すぐ上の兄の父親が違うなど、島崎家はいくつかの問題を孕んでいた。これらを藤村は「親譲りの憂鬱」として、自作にたびたび記している。

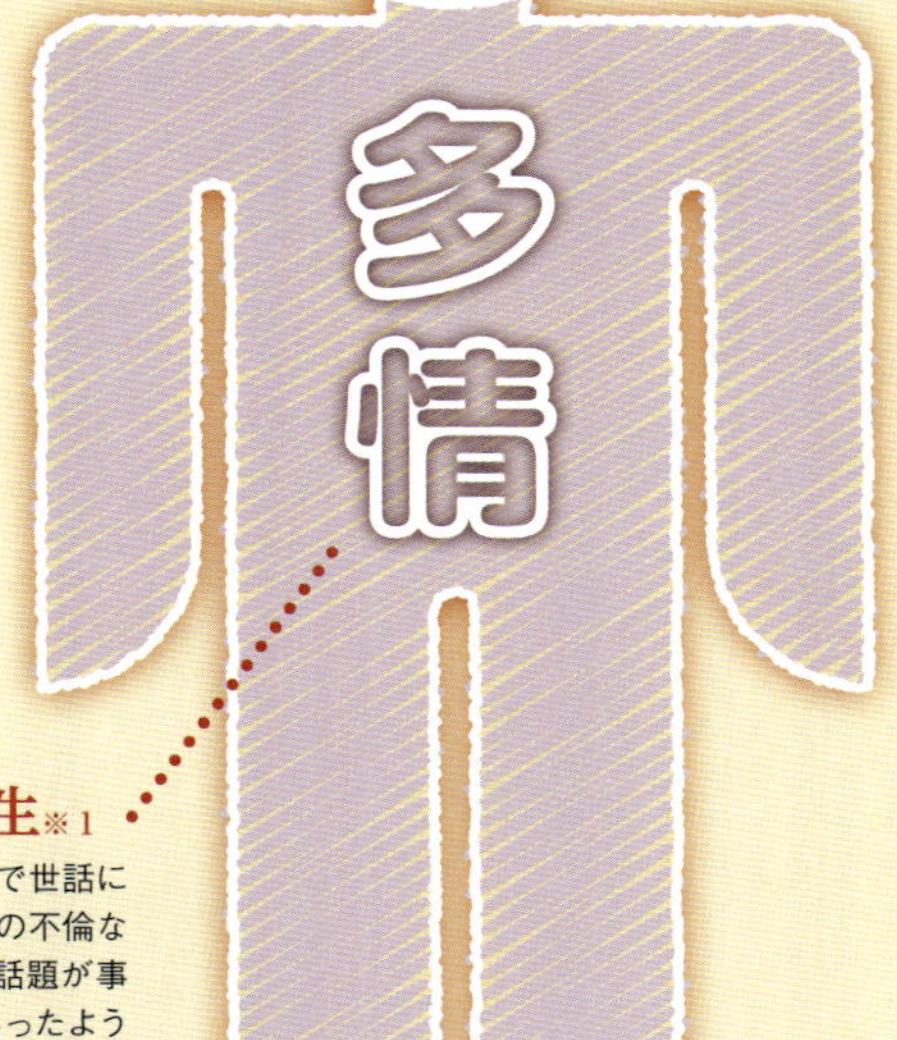

禁断の恋多き人生※1

教え子に対する恋、放浪先で世話になった女性との関係、姪との不倫など、藤村には女性に関する話題が事欠かなかった。逃亡癖もあったようで、教え子への思いを断ち切れないと関西へ逃げ、姪との関係がバレそうになると渡仏していた。

西暦	年齢	できごと
1872年 明治5年	0歳	岐阜県中津川市。旧家の第7子として生まれる。本名・春樹。
1881年 明治14年	9歳	兄に連れられて上京。長姉の嫁ぎ先に預けられる。
1887年 明治20年	15歳	ミッションスクールに入学し、キリスト教の世界に触れる。
1892年 明治25年	20歳	「女学雑誌」にて翻訳、評論などの習作を掲載。北村透谷の『厭世詩家と女性』を読み感銘を受ける。明治女学校高等科の英文学教師となる。
1893年 明治26年	21歳	教え子に恋慕を抱き、教職を辞して漂泊の旅に出る。（※1）
1894年 明治27年	22歳	透谷が自宅にて自殺。『透谷集』を編纂する。
1897年 明治30年	25歳	初の口語体小説『うたゝね』を執筆。森鷗外に酷評される。
1906年 明治39年	34歳	周囲から援助を受け、『破戒』を自費出版。同年、舞台化。
1913年 大正2年	41歳	5月に渡仏。朝日新聞にて『仏蘭西便り』の連載が始まる。
1918年 大正7年	46歳	姪との関係をモデルとした『新生』を東京朝日新聞に連載。
1935年 昭和10年	63歳	日本ペンクラブを結成し、初代会長に就任する。
1943年 昭和18年	71歳	脳溢血により死去。大磯町地福寺（神奈川県）に埋葬される。

あの人に聞いた！ 藤村さんのコト、教えて!!

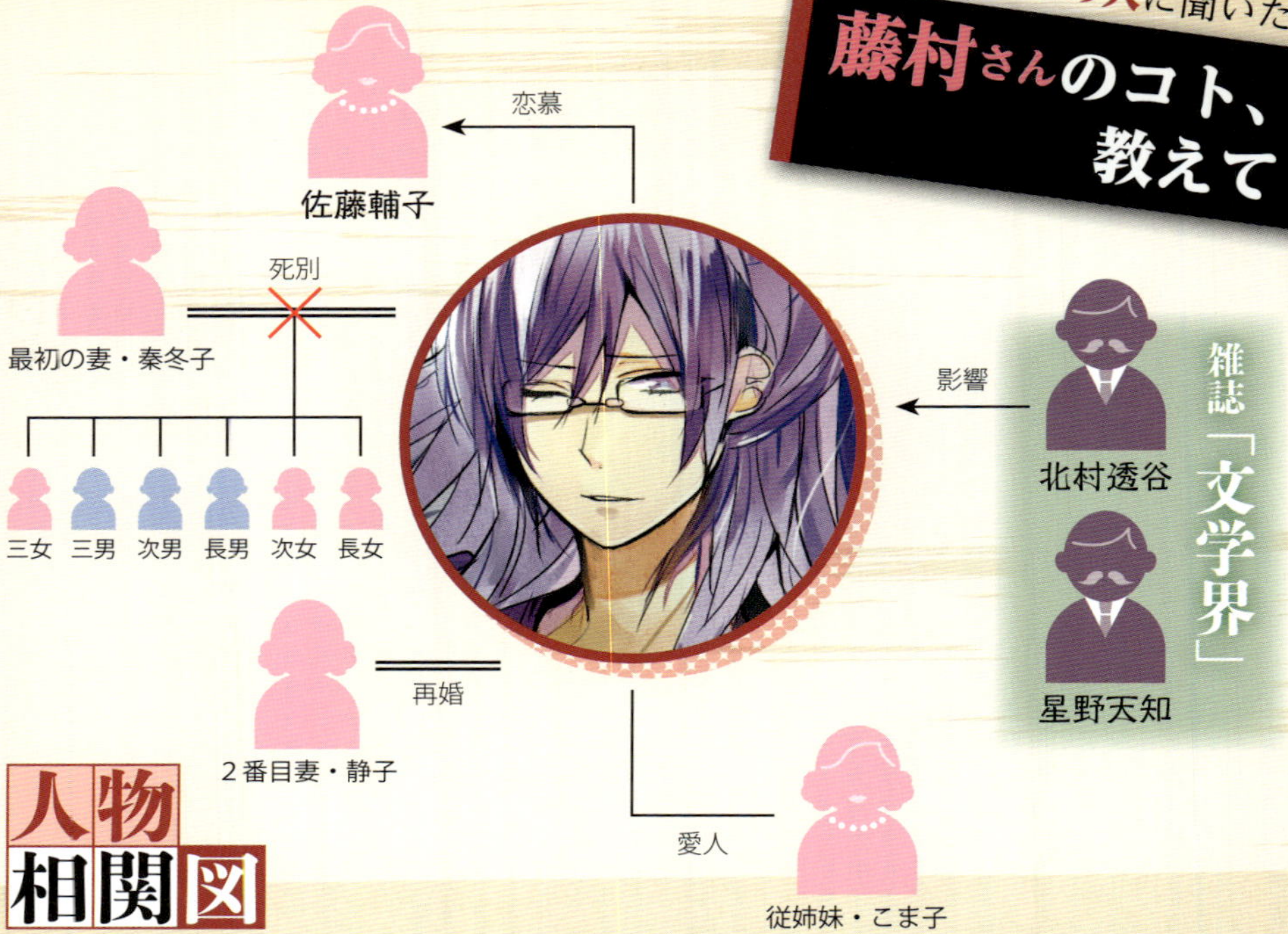

人物相関図

北村透谷は小田原生まれの評論家、詩人で、自由民権運動などに参加していた。その中で知り合った許嫁のいる女性と駆け落ち結婚をし、「恋愛は人生の秘鑰である」という、自由恋愛についての評論『厭世詩家と女性』を書いており、これを読んだ藤村は「今の世にこんな大胆な文章を書く青年がいるのか」と強い感銘を受けた。

その後、牧師の紹介で「女学雑誌」の編集を手伝うようになった藤村は、この活動を通して透谷と知り合うことになった。透谷との交流を藤村は「暗い時代の中で、透谷に先導してもらい踏み出した世界は魅惑的で清いものだった」と称している。

人生には恋が必要だと語り合ったね。
北村透谷

小説・評論家の星野天知とも、「女学雑誌」を通じて知り合う。

天知の誘いで明治女学校高等科の英文学教師となった藤村だが、そこで教え子に対し恋慕を抱くようになる。透谷の説く自由恋愛と、キリスト教的な禁欲思想の狭間に揺れた藤村は、己の葛藤に耐えきれずに教職を捨て、関西方面へ放浪の旅に出る。このとき、最も親身になって世話を焼いたのが天知だった。彼は藤村の放浪生活をサポートするかたわら、藤村が懸想する女学生へ彼の気持ちをそれとなく伝えるなどの世話も焼いていたという。しかし、これがのちに《余計なお節介》となってしまう。

公私にわたってサポートしたつもりだよ。
星野天知

声に出したい名文　木曽路はすべて山の中である。…中略…一筋の街道はこの深い森林地帯を貫いていた。

『夜明け前』

英語教師時代
藤村は１つ上の女生徒に夢中になっていた
しかし　藤村想いに気付いた女性は藤村に想いを寄せ許婚にそれを告げてしまう
すると　藤村は愛の告白と共に「君は許婚と結婚すべきだ」という手紙を出した
このことは師・北村透谷の死が関係しているのではないかといわれている

先生の気持ちはうれしかったです。ですが……。

佐藤輔子

　明治女学校で藤村が惚れた相手は佐藤輔子といい、藤村より１つ年上の女性だった。藤村が教職を辞して学校を去った後も彼女は彼の想いに気づかず、卒業後の婚約者との生活に思いを馳せていた。そこに、天知の妹が藤村の想いを伝えてしまい、輔子の心は藤村に傾いてく。

　卒業後、一度だけ２人は逢瀬をすることになるが、輔子は良心の呵責に耐えられず、婚約者に藤村のことを暴露してしまう。これを知った藤村は焦って文を書き、輔子に対して明確な愛の告白をしたうえで「この感情は捨てるので、婚約者の元へ行くべきだ」と伝えた。これが決定打となって輔子は心身ともに衰弱し、若くして亡くなった。

　藤村が焦って輔子を諭した背景には、師である透谷の最期が影響していたという。自由恋愛の末に結婚した透谷だが、世間との摩擦に耐えきれぬように自殺した。そこから「《社会》と戦うと疲弊する」という教えを見いだしたのかも知れない。

島崎家は狂人の家系だったのかもね。

島崎こま子

　妻の死により２度の結婚を経験した藤村だが、41歳のときに小間使いをしていた姪のこま子を身ごもらせてしまう。じつは１つ上の兄は父が違い、父は近親相姦の噂がありと、島崎家は色沙汰の話題がいくつかあり、情が多いのは家系なのかもしれないといわれている。

声に出したい名文　遂に、新しい詩歌の時は来たりぬ。　「自序」（『藤村詩集』より）

室生犀星【むろうさいせい】

自然と感性の詩人

〈貧困に喘ぐ日々〉

足軽頭の父と女中の間に生まれた私生児で、養父母の元で育った。高等小学校を中退して働くなど、その生活は厳しいものだったという。

〈小さなものへの慈しみ〉

不遇な出生からか、自然や小さな命、弱いものへの慈しみの心が深く、それらが詩に現れている。

石川県出身の詩人・小説家。別号・漁民洞。後年は小説を主に活動、旧芥川賞の選考委員なども務める。代表作は『愛の詩集』『性に目覚める頃』など。

イラストレーター◆おむ烈

室生犀星の構成要素

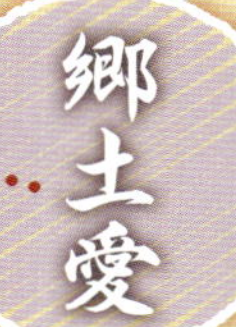

生まれ育った金沢を愛する※1

生まれ故郷である金沢を深く愛しており、別荘や寺領での作庭はもちろん、母校の校歌を作詩している。

筆まめ

家族や友人へたくさんの手紙を残す

犀星は非常に筆まめで、妻や娘、親交のあった作家へ宛てた自筆の手紙が大量に残っている。

自分の作品に対する並々ならぬこだわり※2

自身の著書の装幀には必ず参加し、納得のいくまで手を入れたという。書や庭造りなども愛していた。

親バカ

本にするほど愛娘を溺愛

愛娘を大変かわいがっており、後年の作品『杏っ子』は娘をモデルにした半自叙伝的といわれている。

自然好き

植物や生き物への深い愛情

自然をこよなく愛し、非常に細かな観察を行っていた。生き物を題材にした童話や詩を多く残している。

西暦	年齢	できごと
1889年 明治22年	0歳	加賀藩足軽頭の父の私生児として誕生。本名・小畠照道。（※1）
1896年 明治29年	7歳	室生家に養子に出され、室生姓を名乗る。
1902年 明治35年	13歳	高等小学校を中退し、金沢地方裁判所に就職。
1906年 明治39年	17歳	政教新聞に初めて「犀星」の名で詩を掲載する。
1910年 明治43年	21歳	裁判所の上司を頼り上京、寄宿する。
1913年 大正2年	24歳	同人誌「朱欒」に詩が連続掲載、萩原朔太郎と親交を結ぶ。
1916年 大正5年	27歳	感情詩社を結成、雑誌「感情」を創刊する。
1918年 大正7年	29歳	『愛の詩集』を自費出版。妻・とみ子と結婚。
1919年 大正8年	30歳	初めての小説が雑誌「中央公論」に掲載される。
1926年 大正15年	37歳	金沢の天徳院寺領を借り、作庭を始める。（※2）
1927年 昭和2年	38歳	芥川龍之介が自殺。大きな衝撃を受ける。
1935年 昭和10年	46歳	『あにいもうと』で第1回文芸懇話会賞受賞。映画化。
1962年 昭和37年	72歳	肺がんのため死去。翌年、金沢市野田山墓地に埋葬される。

あの人に聞いた！

犀星さんのコト、教えて!!

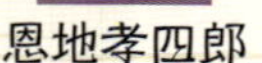

人物相関図

自身の出生を背負いながらよく働く子でした。

裁判所同僚

私生児として生を受けた犀星は、生まれてすぐに寺院に預けられ、そこの住職の養子となる。犀星は金沢市立長町高等小学校を中退し、13歳という幼さで金沢地方裁判所に給仕として就職した。

裁判所には俳人の河越風骨、赤倉錦風が務めており、ここで俳諧について手ほどきを受ける。新聞への投稿を繰り返すうちに文学への思いが高まり、犀星は上京を決意した。先に上京していた赤倉錦風を頼り、寄宿生活がはじまった。

犀星くんとの出会いは運命みたいだった。

萩原朔太郎

上京から3年後、北原白秋が主宰する同人誌「朱欒」に連続して詩が載ったことをきっかけに、同じく寄稿していた萩原朔太郎から手紙が届く。ここから2人の親交は始まった。互いに啓発し合い、膨大な数の書簡を交わしたという。

1916年には山村暮鳥を交えて人魚詩社を結成、詩誌「卓上噴水」は3集で廃刊となるも、翌年には2人で感情詩社を結成。雑誌「感情」を創刊し、近代詩の完成に大きな役割を果たす。この雑誌に参加した詩人は《感情派》と呼ばれ、平明素朴な作風を特徴とした。

彼のこだわりは並々ならぬものがあった。

恩地孝四郎

犀星は自著の多くを自ら装幀した。彼にとって装幀とは「書物の晴着」であり、「その

声に出したい名文　ふるさとは遠きにありて思ふもの　そして悲しくうたふもの　『抒情小曲集』

犀星はものすごく筆まめ＆装幀にこだわりをもつ凝り性だった

自らの字を拙劣と認めているが 家族や友人への手紙 詩の短冊 直筆の日記など数多く残っている

また 生涯刊行した著書 約150冊のうち その多く自分で装幀した

再販のたびに装幀を変えることもあったという

次はどんな 感じにしようか

妻・とみ子も文通でGET！

書物の内容を最も知る著者が考えるべき」と言っている。箱、表紙、見返し、本文、紙、題字の文字に至るまでこだわり抜いた装幀は現在もコレクターが多い。

そんな犀星がよく装幀や小説の挿絵を頼んだのが恩地孝四郎だった。恩地は日本の抽象絵画の先駆者の1人であり、装幀家として北原白秋や竹久夢二に評価されていた。2人は多くの装幀を共に仕上げ、その友情は生涯続いたという。

こんなに珍しい男は見たことがない。

芥川龍之介

文人たちとの交流の広かった芥川龍之介は、犀星や朔太郎とも親交があった。朔太郎の書には、芥川は犀星のことを「社会的な礼節に疲れた人々にとって、自然児的な野生や素朴さは痛快な驚異だし、英雄的にさえ見える」と語り、芥川の言う「野生」を恥じていた犀星は「彼のような文明人種は見たことがない」と言っていたと書かれている。

室生先生の作った庭は素晴らしかった。

天徳院

かねてより庭造りを趣味としていた犀星は、1926年、金沢の天徳院の寺領を借りて庭造りをはじめた。これは1932年に土地を手放すまで続けられている。借りた敷地は150坪ほどで、妻への手紙に「どれだけ木を植えても足りなくて閉口する」と残している。この庭の中に東京の自宅から離れを移築し、草庵を立ててそこで執筆活動をしていたという。

声に出したい名文 永く生きて来て気のつくことは此の生き抜く意外に何もないことなのだ

『我が愛する詩人の伝記』

大正時代に活躍したその他の文豪

独自の小説論を展開

横光利一【よこみつ りいち】

1898年〜1947年、福島県生まれ。菊池寛に認められ、『日輪』『蠅』で新鋭作家として注目を受ける。のちに川端康成らと共に「文芸時代」を創刊。伝統的私小説とプロレタリア文学に対抗し、《新感覚派》の作家として活躍したほか、《新心理主義》の旗手となった。

『純粋小説論』 1935年発表

純文学と通俗小説の融合を唱えた評論。伝統的私小説とプロレタリア文学に対抗し、新感覚派として活動していた利一は「日本人としての純粋小説」として、「純文学にして通俗小説、このこと以外に文学復興は絶対にあり得ない」と提唱。言語・心理・風俗など現代小説の課題に取り組んだ。

日本初のノーベル文学賞

川端康成【かわばた やすなり】

1899年〜1972年、大阪生まれ。大学在学中に「新思潮」に発表した『招魂祭一景』で菊池寛らの支持を得る。卒業後に横光利一らと共に「文芸時代」を創刊。新感覚派の作家・理論家として活動する。独自の美的世界を追求し、日本人初のノーベル文学賞を受賞した。

『伊豆の踊子』 1926年発表

伊豆の自然を舞台に、孤児根性をもつ学生と、旅芸人である幼い踊り子との淡い恋愛を描いた中編小説。康成の出世作であり、日本的な叙情文学の代表作家として文壇に認められた。技巧を尽くした新感覚派小説の中では素直な筆致といわれている。作者の伊豆天城山中での体験が基になった作品。

滑稽と悲哀の独特な文体

井伏鱒二【いぶせ ますじ】

1898年〜1993年、広島県生まれ。大学中退後に長い同人誌習作時代を経て、『山椒魚』などで文壇に認められる。庶民的なユーモアとペーソス（悲哀）の中に風刺精神が混じる独特な作風が特徴。庶民の日常生活を好んで描いた。『ジョン万次郎漂流記』で直木賞を受賞。

『山椒魚』 1929年発表

身体が肥大化して岩屋から出られなくなった山椒魚の狼狽と悲哀を、滑稽に描いた象徴的短編。鱒二自身が感じていた閉塞感や暗い心象を動けぬ山椒魚に見立て、その絶望感をユーモラスな文体で和ませた独特な作風で文壇に認められた。『井伏鱒二自選全集1』収録の際、結末が大幅に削られた。

彫刻家としても知られる

高村光太郎【たかむら こうたろう】

1883年〜1956年、東京生まれ。彫刻家・光雲の子。学生時代から「明星」に短歌や詩を寄稿。欧米留学の際にロダンに傾倒する。帰国後《パンの会》に参加、岸田劉生らとは《フュウザン会》を結成した。彫刻家としても活動し、代表作に「手」などがある。

『道程』 1914年発表

「スバル」「朱欒」「白樺」「創作」などで発表された詩75編、小曲32編が年代順に掲載された第一詩集。これは当時にしては特異な形式だった。前半は「失はれたるモナ・リザ」「寂寥」などの青春の情動と日本風土への批判、後半では「道程」など自然理法への賛嘆、理想主義的な詩が描かれている。

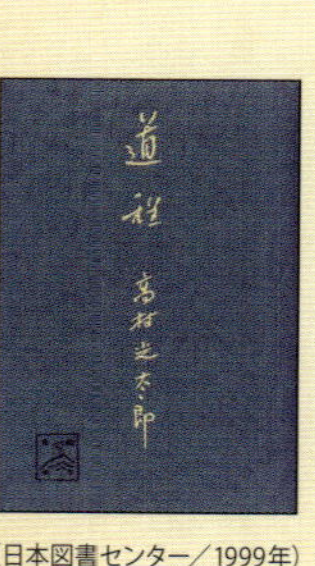

（日本図書センター／1999年）

口語自由詩を確立

萩原朔太郎【はぎわら さくたろう】

1886年～1942年、群馬県生まれ。北原白秋門下で詩を学ぶ。共に「感情」を創刊した室生犀星とは生涯を通じて親交があった。反自然主義の立場から新たな抒情性を求めた《感情詩派》として活動。感情を重んじる口語自由詩を制作し、近代象徴詩を完成させて以後の詩壇に大きな影響を与えた。また、漢語調の抒情詩やアフォリズム集、詩論なども手がけた。音楽家としての一面もある。

『月に吠える』 1917年発表

詩56編と田中恭吉、恩地孝四郎の版画15点を収録した第一詩集。序文は朔太郎自身と北原白秋が、跋文は室生犀星が務める。詩の純粋性を追求した音楽性のある詩風が特徴。本書と第2詩集『青猫』で、自己の感情や感覚に固執し、古い観念による語感から解放された口語自由詩を完成させている。

鬱屈とした自我を歌う

佐藤春夫【さとう はるお】

1892年～1964年、和歌山県生まれ。若くして生田長江、与謝野鉄幹・晶子夫妻に師事し、新詩社同人として「スバル」「三田文学」に詩文を発表する。のちに散文に転じ『病める薔薇』を記す。現代的な倦怠と鬱屈した自意識を核とした叙情を描いた。

『殉情詩集』 1921年発表

青年時代から書きためた作品の中から23編を収録。その多くが恋愛抒情詩で、故郷での浪漫的な恋情、谷崎潤一郎夫人への恋慕を歌った悲恋などが綴られている。口語自由詩の確立された時代に、あえて七五調などの文語定型詩を使用した古風な体裁で現代人の人間心理を表現した。

殉情詩集
佐藤春夫

(日本図書センター／2003年)

古典と近代の融合を果たす

斉藤茂吉【さいとう もきち】

1882年～1953年、山形県生まれ。精神科の医師として働くかたわら、正岡子規の『竹の里歌』に感動して作歌に打ち込む。伊藤左千夫に師事し、「馬酔木」に歌を発表。のちに「アララギ」の創設に参加する。第一歌集『赤光』で注目され、実想観入による写生説を唱えてアララギ派歌人の中心人物となる。研究・評論の分野でも活躍し、『柿本人麿』で学士院賞を受賞している。

『赤光』 1913年発表

1905年以降の作歌834首を収めた第一歌集（のちに改訂削除が行われ、760首となる）。根岸派の写実を基調とし、近代人の悲哀寂寥を万葉調の言葉を用いて見事に表現している。生への愛惜と悲哀、人間の感情を官能的に描いた。書名は「仏説阿弥陀経」の一節「赤色赤光」からとられる。

獄中で労働運動を描く

葉山嘉樹【はやま よしき】

1894年～1945年、福岡県生まれ。早稲田大学退学後、下級船員や記者など職を転々としながらロシア文学に傾倒。労働運動に参加し投獄される。そのため作品は入獄中に書かれたものも多い。「文芸戦線」に参加し、労働運動を描いた力強い作風が特徴。自身の経験を元にプロレタリア文学を描き、日本での先駆者となる。里村欣三らと共にプロレタリア作家クラブを創設した。

『海に生くる人々』 1926年発表

室蘭、横浜間の石炭船を舞台に、過酷な労働環境の中、さまざまな性格の船員たちが団結し、闘争に立ち上がる姿を描いている。本人の船員経験を元に書かれた作品で、初期プロレタリア文学の代表作。マルクスやドストエフスキーの思想や文学的な影響が見られる。名古屋刑務所収監中に書かれた。

主な作品年表

西暦（元号）	作品名	著者名
1868年（明治元年）	『若草物語』	オルコット
1871年（明治4年）	『ミドルマーチ』	エリオット
1872年（明治5年）	『鏡の国のアリス』	キャロル
	『八十日間世界一周』	ヴェルヌ
1875年（明治8年）	『アンナ・カレーニナ』	トルストイ
1876年（明治9年）	『トム・ソーヤーの冒険』	マーク・トウェイン
1877年（明治10年）	『四日間』	ガルシン
1880年（明治13年）	**『カラマーゾフの兄弟』**	**ドストエフスキー**（※1）
1883年（明治16年）	『宝島』	スチーブンソン
	『ピノッキオの冒険』	コッローディ
1884年（明治17年）	『首飾り』	モーパッサン
1891年（明治24年）	『ドリアン・グレイの肖像』	ワイルド
1892年（明治25年）	『シャーロック・ホームズの冒険』	コナン・ドイル
1898年（明治31年）	『宇宙戦争』	ウェルズ
1904年（明治37年）	『ジャン・クリストフ』	ロマン・ロラン
1905年（明治38年）	『車輪の下』	ヘッセ
	『賢者の贈り物』	オー・ヘンリー
1906年（明治39年）	『ニルスのふしぎな旅』	ラーゲルレーヴ
1907年（明治40年）	『母』	ゴーリキー
1908年（明治41年）	**『赤毛のアン』**	**モンゴメリ**（※2）

フョードル・ドストエフスキー【※1】

1821年～1881年。19世紀ロシアを代表する世界的文豪。人間の欲望や衝動と、キリスト教信仰に基づく博愛精神の葛藤を表現した。政治犯として死刑宣告を受け、刑の執行直前に恩赦が下され助命されるという経験がのちの創作活動に大きく影響している。

長編が多く、代表作は『罪と罰』『白痴』『悪霊』『未成年』など。これらに、物欲にまみれた男の死を題材に、人間社会と神の存在という問題を描いた**『カラマーゾフの兄弟』**を加えたものが、5大作品と呼ばれる。

（光文社／2006年）

ルーシー・M・モンゴメリ【※2】

1874年～1942年。カナダ東部のプリンス・エドワード島に生まれ、教員や郵便局員、新聞記者を経ながら執筆を続ける。デビュー作となった**『赤毛のアン』**は完成後、5社の出版社に送るものの不採用となっている。その2年後、原稿を書きなおし再度投稿したところ書籍化が決まり、たちまちベストセラーとなった。

（新潮社／2008年）

代表作は、孤児院出身のアン・シャーリーが、プリンス・エドワード島の豊かな自然に囲まれ育ちゆくさまを描いた『赤毛のアン』。古典や米英詩、聖書からの引用が多いことでも知られる。また『アンの青春』『アンの愛情』など、続編も多い。

F・スコット・フィッツジェラルド【※3】

1896年～1940年。アメリカ合衆国北西部のミネソタ州に生まれ育つ。大学を中退し、第一次世界大戦中に陸軍に入隊。訓練中に戦争への不安から創作を開始する。戦争終結に伴い除隊、脚本家や小説家として活躍した。

第一次世界大戦を経験したことで、従来の価値観に絶望し、生き方を模索する「ロストジェネレーション（失われた世代）」を代表する作家の1人とされる。

代表作である**『グレート・ギャッツビー』**は、第一次世界大戦後、ニューヨークに大邸宅を構え、連日パーティーを開催する男、ギャッツビーの人生を描き、アメリカ文学史上最高作品との呼び声も高い。

（中央公論新社／2006年）

年	作品	作家
1909年（明治42年）	『狭き門』	ジッド
1910年（明治43年）	『マルテの手記』	リルケ
1912年（大正元年）	『変身』	カフカ
1913年（大正2年）	『失われた時を求めて』	プルースト
1918年（大正7年）	『狂人日記』	魯迅
1922年（大正11年）	『ユリシーズ』	ジョイス
	『チボー家の人々』	デュ・ガール
1924年（大正13年）	『魔の山』	トーマス・マン
1925年（大正14年）	**『グレート・ギャッツビー』**	**フィッツジェラルド**（※3）
1928年（昭和3年）	『チャタレイ夫人の恋人』	ロレンス
1929年（昭和4年）	『武器よさらば』	ヘミングウェイ
	『恐るべき子供たち』	コクトー
1932年（昭和7年）	『夜の果てへの旅』	セリーヌ
	『八月の光』	フォークナー
1935年（昭和10年）	『分裂せる家』	パール・バック
1936年（昭和11年）	**『風と共に去りぬ』**	**ミッチェル**（※4）
1938年（昭和13年）	『嘔吐』	サルトル
1939年（昭和14年）	**『そして誰もいなくなった』**	**クリスティー**（※5）
	『怒りの葡萄』	スタインベック
1942年（昭和17年）	『異邦人』	カミュ
1943年（昭和18年）	『星の王子さま』	テグジュペリ
1951年（昭和26年）	**『ライ麦畑でつかまえて』**	**サリンジャー**（※6）
1953年（昭和28年）	『長いお別れ』	チャンドラー
1954年（昭和29年）	『悲しみよこんにちは』	サガン

マーガレット・ミッチェル

【※4】

1900年〜1949年。アメリカ合衆国アトランタに生まれ、南北戦争を生き抜いた祖母の影響を大きく受けて育つ。骨折療養中の気分転換に**『風と共に去りぬ』**の執筆をはじめたが、完治とともに創作意欲を失い、原稿はしばらく日の目を見ることはなかった。数年後、編集者と知り合い原稿を見せたことから出版化。大ベストセラーとなった。

著作は、南北戦争時代を力強く生きる女性を描いた『風と共に去りぬ』のみ。ピューリッツァー賞を受賞している。

（新潮社／2015年）

アガサ・クリスティー

【※5】

1890年〜1976年。イギリス南西部トーキーに生まれる。学校には通わず母から教育を受けて育つ。結婚後、薬剤師の助手として働きながら推理小説を執筆。大胆なトリックと細やかな心理描写が人気を呼び、次々と話題作を発表した。長編小説66作、中短編小説156作、戯曲15作もの作品を書き、《ミステリーの女王》と呼ばれる。

名探偵エルキュール・ポワロを主人公とした『オリエント急行の殺人』や『ABC殺人事件』をはじめ、**『そして誰もいなくなった』**などの名作の数々は、のちの推理小説に大きな影響を与えた。

（早川書房／2010年）

J・D・サリンジャー

【※6】

1919年〜2010年。アメリカ合衆国ニューヨークに生まれる。高校卒業後、ヨーロッパへ渡るも帰国。コロンビア大学に聴講生として通うかたわら創作活動を開始する。第二次世界大戦に兵士として参加するも、精神的に不安定となり入院。戦後除隊し、1949年頃から作家活動に専念した。1965年に出版された『ハプワース16、一九二四』を最後に、45年近く新作を発表することなく死去。謎と伝説に包まれた晩年を送った。

代表作となる**『ライ麦畑でつかまえて』**は、サリンジャー自身の分身ともいえるホールデン・コールフィールドが主人公。彼の生き様を通して、大人社会の偽りを告発し、当時の若者たちの圧倒的な支持を得た。

（白水社／1984年）

昭和時代

1926年～1989年

1926年（昭和元年）	12月25日　昭和改元
1930年（昭和5年）	昭和恐慌（昭和4年から続く世界恐慌が影響）
1932年（昭和7年）	5月15日　五・一五事件
1936年（昭和11年）	2月26～29日　二・二六事件
1939年（昭和14年）	9月1日　第二次世界大戦開始
1941年（昭和16年）	太平洋戦争（大東亜戦争）開戦
1945年（昭和20年）	3月9～10日　東京大空襲
	8月6日　広島への原子爆弾投下
	8月9日　長崎への原子爆弾投下
	8月14日　ポツダム宣言受領（勧告7月26日）
	8月15日　第二次世界大戦終結（終戦の日）
	9月2日　降伏文書調印
1946年（昭和21年）	11月3日　日本国憲法公布（昭和22年5月3日施行）
1953年（昭和28年）	2月1日　日本初のテレビ本放送開始
1958年（昭和34年）	千円紙幣に夏目漱石、一万円紙幣に福澤諭吉の肖像画採用（2007年まで）
1964年（昭和39年）	10月10～24日　東京オリンピック開催
1968年（昭和43年）	川端康成がノーベル文学賞を受賞
1989年（昭和64年）	1月7日　昭和天皇 崩御。翌日 平成に改元

【プロレタリア文学】

大正後期から昭和初期の文壇の中心となる。個人主義的な文学を否定し、社会主義・共産主義と結びつく文学のこと。政治的な革命運動とのつながりも強い。（小林多喜二『蟹工船』（大正4年）、葉山嘉樹『セメント樽の中の手紙』（大正15年）が代表）。大正6年以降、政府の弾圧が強まり、昭和8年に小林多喜二が獄死するなどによって、次第に衰退していく。

【芸術派】

大正後期から昭和初期にプロレタリア文学と対立し、モダニズム文学として潮流する。新感覚派、振興芸術派、新心理主義の作家によって興った。

【新感覚派】

芸術派の一派。菊池寛創刊の「文藝春秋」（大正12年）によって育った新進作家の横光利一、川端康成がなどが創刊した同人誌「文芸時代」（大正13年）を母胎とする。現実を主観的に捉え、知的に再構成した新現実を、感覚的に創造する。また、近代の写実主義以降確立された文学手法とは異なる、言語感覚の新しさも追求した。（川端康成『伊豆の踊子』（大正15年）／『雪国』（昭和10年）などが代表）

【振興芸術派】

芸術派の一派。新感覚派の後を受け継ぎ、プロレタリア文学に対抗し純文学を追及する。「新興芸術派倶楽部」として結成された文学集団が名の由来。主なメンバーには井伏鱒二、堀辰雄、梶井基次郎、小林秀雄などがいる。

【新心理主義】

芸術派の一派。昭和初期、新感覚派の作風をさらに深めた文学思潮のこと。精神分析学をもとに人間の深層心理（精神の内面）を捉えて芸術的に描こうとした。（堀辰雄『聖家族』（昭和5年）『風立ちぬ』（昭和11年）が代表）

【無頼派（新戯作派）】

戦時下にはじまり、第二次世界大戦敗戦後の戦後復興の気風の中で流行した。モラルへの反逆、現実の絶望などによる破壊的へ向けた生活無頼を描く。（織田作之助『夫婦善哉』（昭和15年）、坂口安吾『堕落論』（昭和21年）、太宰治『人間失格』（昭和23年）が代表）

戦前は、社会主義思想に基づく《プロレタリア文学》と、それに対抗する《モダニズム文学》の芸術派が中心に。敗戦後は《無頼派》が大衆に受け、文学は復興していき、現代的作風が生まれていった。

含羞と不安と罪の意識

太宰治【だざいおさむ】

〈超大金持ち＆人気者のエリート〉

県内長者番付にランクインするほどの名家に生まれ、さらに中学校では級長を務め学年の成績トップ争いをするなど常に注目を集めていた。

〈絵画でも才能を発揮〉

絵画にも関心をもっていた太宰は油絵の自画像のほか、一筆書きの日本画などを玄人の画家をも感心させる絵を遺している。

大正・昭和時代の小説家。本名は津島修治。《無頼派（新戯作派）》と呼ばれる。『走れメロス』『斜陽』『人間失格』など数多くの佳作を遺した。

イラストレーター◆水玉

太宰治の構成要素

色気

自殺願望

最期までモテまくりの人生

十代の後半から花柳界に出入りし始めた太宰は、芸妓や女給など常に女性との交流が絶えなかった。太宰には女性に心中を決意させるほどの魅力があったのかもしれない……。また、太宰の次女・津島佑子（本名・津島里子）や、愛人であった太田静子との間に生まれた娘・太田治子は、父親と同じ作家の道へと進んだ。

ファンが偲ぶ「桜桃忌」※1

20歳のときに初めて自殺未遂事件を起こして以来、度重なる未遂事件を繰り返し5度目の自殺で自ら命を絶った。太宰の遺体が発見された6月19日は、奇しくも彼の誕生日だった。その日は毎年、太宰の墓がある三鷹の禅林寺で《桜桃忌》という名の偲ぶ集いが行なわれている。

西暦	年齢	できごと
1909年 明治42年	0歳	青森県津軽の大地主の家に生まれる。
1927年 昭和2年	18歳	敬愛する芥川龍之介の自殺に衝撃を受ける。
1929年 昭和4年	20歳	睡眠薬自殺を図るが未遂に終わる。（※1）
1930年 昭和5年	21歳	東京帝国大学に入学。女給と心中を図るも生き残る。
1933年 昭和8年	24歳	同人誌「海豹」に『魚服記』を発表する。
1935年 昭和10年	26歳	都新聞入社試験に失敗し首吊りを図るも未遂に終わる。
1936年 昭和11年	27歳	第一作品集『晩年』を刊行。麻薬中毒から回復。
1939年 昭和14年	30歳	石原美知子と結婚。『富嶽百景』『女生徒』などを発表。
1940年 昭和15年	31歳	『走れメロス』発表。『女生徒』が北村透谷文学賞受賞。
1944年 昭和19年	35歳	『佳日』『津軽』など明るく透明感のある秀作を発表。
1946年 昭和21年	37歳	三鷹の旧居に転居。戯曲『冬の花火』ほか。
1947年 昭和22年	38歳	『ヴィヨンの妻』『斜陽』発表。
1948年 昭和23年	38歳	『人間失格』を発表。山崎富榮と投身心中を遂げる。（※1）

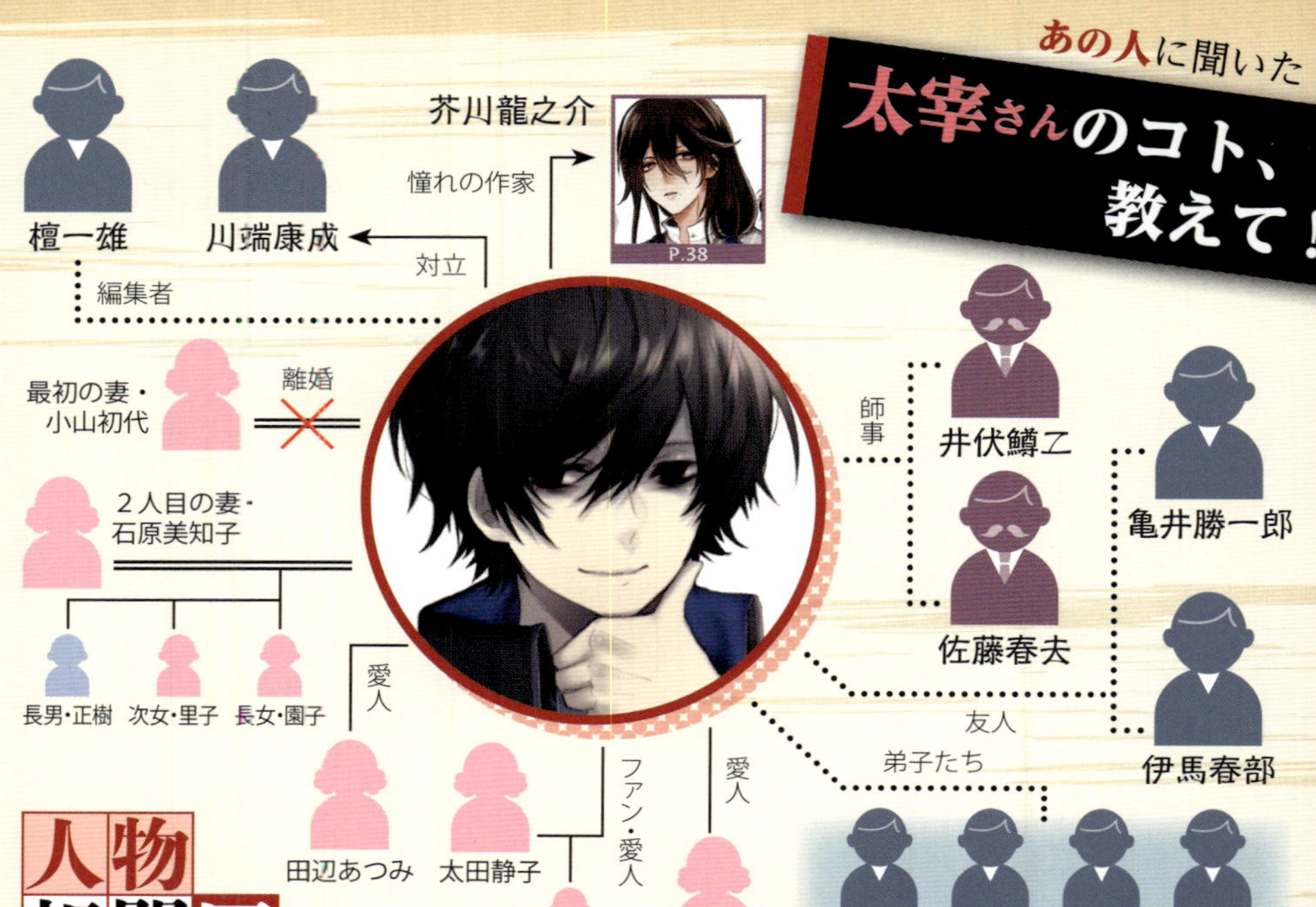

芥川が自殺するなんて信じられない……。

太宰本人

1927年7月24日に報じられた芥川龍之介の自殺は太宰少年に大きな衝撃を与えた。その2ヵ月前に青森の公会堂で芥川の講演を聴講した直後であっただけに、突然の訃報は信じがたい事件であっただろう。文学少年だった太宰の内面に焼きつけられた敬愛する作家の自殺は、彼の人生に深い影を落とした。

それまで、意識的に創作を遠ざけ学業に専念してきた太宰の生活態度は、芥川の自殺事件を機に一変。江戸の遊里文学や近松門左衛門の戯曲を読み始めるほか、芥川龍之介や泉鏡花の作品に心酔し読書に明け暮れる日々が多くなり、その結果、肝心の学業は次第に疎かになっていった。

行くところまで行きたい……。赤ちゃんがほしい。

太田静子

太宰の人生には常に女性の姿が垣間見える。最初に心中を図ったのは銀座のバーで女給をしていた田辺あつみだった。だが、女性は命を落とし太宰は自分だけが生き延びたという罪の意識で苦しむことになる。

次に最初の妻である小山初代と山麓で心中しようとするがこれも未遂に終わった。初代とは離婚し、太宰は井伏鱒二の紹介で出会った石原美知子と再婚する。その結婚生活の間に太宰のファンと称する女性・太田静子とも関係を結び懐妊させている。そして、最後は美容師の山﨑富榮が見守るなか、『人間失格』『如是我聞』を書き上げるとともに入水自殺を遂げた。

声に出したい名文

恥の多い生涯を送ってきました。自分には、人間の生活というものが、見当つかないのです。

『人間失格』

太宰は女性たちに一体どのような《愛の言葉》をささやいて虜にしたのだろうか……。

子供の頃から、お洒落のようでありました。
太宰本人

官立弘前高校へと進学した太宰は入学当初、下宿先から学校までのわずか数百メートルを、編上靴に長いマントを羽織って通学していた。友人たちからは「オペラの怪人」と呼ばれるが、本人は「悪魔の翼のよう」となかなか満足していたようで、当時流行していたバンカラスタイルとは趣を異にする格好で注目を集めていた。『おしゃれ童子』の中でも、小学生の頃から着物の下に純白のフランネルシャツを着用し、そのシャツが着物の袖口から覗き出たシャツの白さから自身が「天使のように純潔」と思われ心酔していたと記されている。幼い頃から服装にも独自のこだわりをもっていたようだ。

刺す。
さうも思った。
大悪党だと思つた。
太宰本人

1935年に太宰は第1回芥川賞候補に推薦されるが次席に終わる。このとき、選者の川端康成は太宰が当時パビナール中毒（麻薬鎮痛剤の一種）による奇行で世間から顰蹙を買っていることを指摘した。私生活のことで嫌味をいわれ、腹を立てた太宰は「小鳥を飼ひ、舞踏を見るのがそんなに立派な生活なのか」と猛反撃。ほとんど無名の新人作家である太宰が、文壇の若き大家である川端に噛みついた騒動は「芥川賞事件」として文壇の一大トピックとなった。

声に出したい名文　大人とは、裏切られた青年の姿である。『津軽』

ザ・漢学エリート
中島敦【なかじま あつし】
〈美声〉
高校教諭時代、国語の授業で芥川龍之介や夏目漱石作品の朗読を披露。その爽やかな声に女生徒は聞き惚れた。
〈トンちゃん〉
初対面の挨拶は「敦、倫敦のトンです、よろしく」がお決まり。そのため、「トン」もしくは「トンちゃん」が愛称。
昭和時代の小説家。高校教諭として働くかたわら創作活動を行う。のちにパラオに赴任、帰国後、喘息により死去。代表作に『山月記』『名人伝』など。
人気 四
モテ 五
リッチ 三
多作 一
ストイック 三
イラストレーター◆Asuna

中島 敦の構成要素

漢文 ／ プレイボーイ ／ 国際的視野 ／ 病弱

漢文界のサラブレッド※1

祖父は有名な漢学者、父は漢文教諭、叔父も漢文学者という一族に生まれ育つ。中島自身も幼い頃から漢文に親しみ、『山月記』などの作風が生まれた。

元祖「高校教師」!?※4

女性関係は非常に派手。妻・タカと結婚したのちに横浜高等女学校の生徒と禁断の恋に落ちたことも。

帰国子女※2

幼い頃から漢学に触れ、6年間韓国で暮らした影響からか国際的な視野が広かった。作品も日本ではなく、海外を舞台にしたものが多い。

喘息の発作に苦しむ※3

幼い頃から体が弱く、18歳で湿性肋膜炎、19歳で喘息を患う。以降、度重なる発作に苦しんだ。

西暦	年齢	できごと
1909年 明治42年	0歳	東京市四谷に生まれる。（※1）
1910年 明治43年	1歳	父・田人と生母・チヨが離婚。
1914年 大正3年	5歳	父が継母・紺家カツと再婚。
1920年 大正9年	11歳	父の転勤に伴い京城（現・韓国ソウル）に引っ越す。（※2）
1924年 大正13年	15歳	カツの死去後、父が飯尾コウと再々婚。
1926年 大正15年	17歳	第一高等学校入学に伴い東京に戻る。
1928年 昭和3年	19歳	喘息を患う。（※3）
1931年 昭和6年	22歳	妻となる橋本タカと出会う。
1932年 昭和7年	23歳	タカと学生結婚。新聞社の就職試験に落ちる。
1933年 昭和8年	24歳	横浜高等女学校の教諭となる。長男誕生。（※4）
1939年 昭和14年	30歳	喘息の発作がひどくなる。
1941年 昭和16年	32歳	転地療養のため南洋庁に就職。パラオへ。
1942年 昭和17年	33歳	喘息が悪化し帰国。『弟子』など執筆し死去。

あの人に聞いた！

中島さんのコト、教えて!!

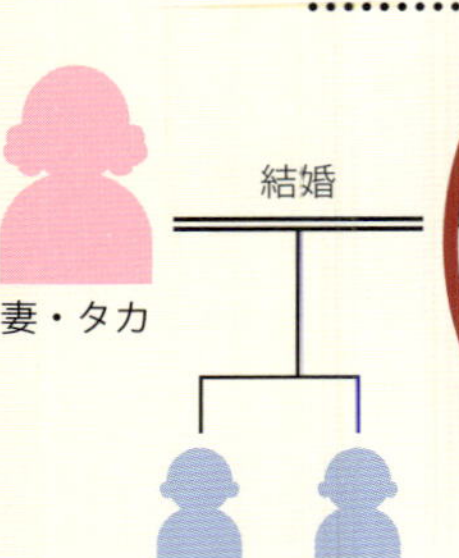

人物相関図

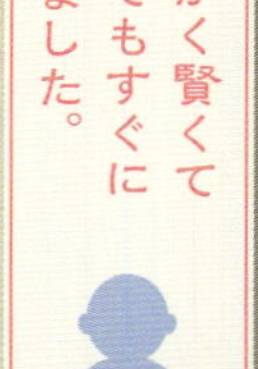

中島一族は漢学者に教師、司祭、政府高官と優秀な人材が多くエリート揃いだったが、中島はその中でも特に優秀とされていた。

ある日、中島と従兄弟たちが集合したときのこと。「この中で誰が一番秀でているか」という話題になると、中島は自分だろうと認めたという。洞察力（どうさつりょく）や理解力はもちろん、記憶力が優れており、「忘れるということがわからない」と語っていたそうだ。

出会って1週間でプロポーズされたんです。

妻・タカ

中島と妻・橋本タカは、東京の麻雀屋（マージャン）で出会った。学生時代、中島が客として通っていた店に、タカが就職したのだ。目鼻立ちの整った彼女を、中島は一目で好きになったに違いない。出会って1週間後には男女の関係になり、「結婚してくれ」とプロポーズしている。

しかし、この急展開にタカは大いに戸惑ったという。というのも、中島はタカが現れるまで、麻雀屋の別の女性店員と付き合っており、タカ自身も2人がベッドで抱き合っているのを目撃したこともあったのだ。

その後、タカと中島は夫婦となるが、随分と女性関係に泣かされた。教え子との恋もあったらしく、「子供がいなければ別れられるのにと何度も思った」と述懐（じゅっかい）している。《好きになったら一直線》という中島と添い遂げるのは、なかなか大変だったようである。

声に出したい名文　人生は何事をも為（な）さぬには余りに長いが、何事かを為すには余りに短い。　『山月記（さんげつき）』

中島先生は生徒たちの憧れの的でした。

小宮山静

横浜高等女学校の教諭となった中島は、国語や英語の授業を担当した。やや長めの黒髪を左右に分け、喘息（ぜんそく）の影響からか首に包帯やタオルを巻いて教壇に立ったという。

職員室では明るい性格と豊富な知識で、同僚の人気も高かった。女性を意識していたのか、ある同僚は「歌舞伎（かぶき）役者のような、ワッハッハという笑い方をして、歯の浮くようなキザっぽさがあった」と語っている。そしてこの《キザっぽさ》に夢中になった女生徒も少なくなかった。

モテモテだった中島だが、この頃は既にタカと結婚している。しかし彼は別居婚をしていたせいか、妻がいることを明かさなかった。結婚していることがわかり周囲が騒然となると「でも俺は、一度も独身だと言った覚えはないよ」と話したという。中島のジゴロっぷりたるや、恐るべしである。

南の島からたくさん手紙をくれました。

長男

浮気者で妻を泣かせた中島だったが、子煩悩（こぼんのう）な良き父親という一面ももっていた。南洋庁の職員としてパラオに赴任してからは、遠い日本に暮らす2人の子供に向けて、せっせとハガキや手紙を送っている。その日見た風景や珍しい異文化などを、子供でも理解できるようやさしくわかりやすく綴（つづ）った文面は、『山月記（さんげつき）』などに代表される格調高く骨太（ほねぶと）な中島文体とはまた違った魅力であふれている。

声に出したい名文

濁世（だくせ）のあるゆる侵害からこの人を守る楯（たて）となること。精神的には導かれ守られる代りに、世俗的な煩労汚辱（はんろうおじょく）を一切己（おの）が身に引受けること。僭越（せんえつ）ながらこれが自分の務だと思う。『弟子（でし）』

江戸川乱歩【えどがわらんぽ】

本格探偵モノと背徳的な魅惑

〈筆名はあの作家のもじり〉

江戸川乱歩という筆名は、感銘を受けた探偵小説家エドガー・アラン・ポーをもじって名付けた。

〈晩年は満身創痍〉

晩年は高血圧、動脈硬化、蓄膿症、パーキンソン病を患い、家族に口述筆記と頼み執筆を続けた。

三重県出身の小説家。日本の創作探偵小説の創始者であり、昭和前期のエロ・グロ・ナンセンスの風潮の代表格。『怪人二十面相』シリーズなど。

人気	五
モテ	一
リッチ	一
多作	四
ストイック	三

イラストレーター◆MW

江戸川乱歩の構成要素

禁忌の嗜好をあえて描く

少年・少女愛、サディズム、グロなどのタブーとされる嗜好を描くことで、人のもつ《異常さ》を見いだそうとしていた。

新人作家の発掘やイベントを企画

雑誌編集や音楽祭の開催など、プロデューサーとしての手腕もあった。乱歩に才能を見いだされた作家は少なくない。

多種多様な職業を体験※2

貿易会社、行商、編集者、古書店、漫画家、記者などさまざまな職をこなしていた。屋台を引いていたときもあった。

1ヵ所に留まらない放浪家※1

職に就いては辞めて放浪する生活を繰り返していた。これは乱歩が40歳になるまで続き、46回の引っ越しをしたという。

土蔵いっぱいの蔵書が残る

江戸時代の版本・写本といった資料の蒐集家で、旧乱歩邸の土蔵には2万を超える貴重な資料が眠っている。

西暦	年齢	できごと
1894年 明治27年	0歳	三重県にて生まれる。本名・平井太郎。
1905年 明治38年	11歳	高等小学校に進学。友人と蒟蒻版の雑誌を作る。
1912年 明治45年	18歳	父の商店が破産。アルバイトをしながら大学へ通学する。
1917年 大正6年	23歳	会社の寮から抜け出し放浪。谷崎潤一郎の本に感動する。（※1）
1919年 大正8年	25歳	古本屋や編集、探偵とさまざまな職を試みる。妻・隆子と結婚する。（※2）
1923年 大正12年	29歳	雑誌「新青年」に『二銭銅貨』が推薦文付きで掲載、デビュー。
1924年 大正13年	30歳	短編小説の発表を重ね、専業作家を決意する。
1927年 昭和2年	33歳	平凡社より『江戸川乱歩集』が刊行される。
1935年 昭和10年	41歳	平凡社より全12巻の『乱歩傑作選集』の刊行がはじまる。
1936年 昭和11年	42歳	雑誌「少年倶楽部」にて『怪人二十面相』の連載がはじまる。
1947年 昭和22年	53歳	探偵作家クラブ創設。初代会長となる。
1963年 昭和38年	69歳	日本推理作家協会創設。初代会長となる。
1965年 昭和40年	70歳	脳出血で死去。墓地は津市浄明院、多磨霊園、富士霊園。

あの人に聞いた！

乱歩さんのコト、教えて!!

人物相関図

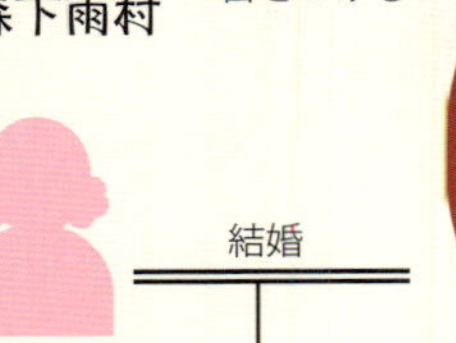

批評

目をつける

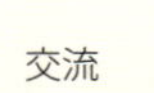

交流

男色研究

結婚

妻・隆子

息子

プロデュース

身体が弱くても好奇心だけは旺盛な子だった。

祖母・わさ

乱歩の祖母や母は文芸を好んでおり、多くの書物に親しんでいた。そんな環境下、さらに身体が弱かったこともあり、乱歩も小さい頃からたくさんの本に触れて育った。巌谷小波、夏目漱石、幸田露伴、泉鏡花などを読み耽ったという。しかし、乱歩の文芸への情熱は、はじめは執筆でなく出版へと向かっていた。友人と共に、高等小学校では蒟蒻版、中学のときは活版で雑誌を制作していたという。

また、小学生の時分から幻灯の映像に興味をもち、レンズや鏡を使った物の見え方の違いに魅せられた。これらがのちの探偵小説への下地となっていった。

父の事業が失敗したため、アルバイトをしながらの早稲田大学の政治経済学科に通っていた乱歩は、その頃エドガー・アラン・ポーやコナン・ドイルの探偵小説に出会った。卒業後は渡米してミステリー作家になる野心をもつも、これは資金繰りがうまく行かず断念した。

一ヵ所に留まっていられない人でした。

妻・隆子

大阪の貿易会社に就職した乱歩は、ボーナスをもらうほどの働きをみせる。しかし、1年ほどで寮から脱走してしまう。英文タイプライター行商、造船所での機関誌編集、古書店、露店、漫画雑誌編集、屋台と職を転々としながら、谷垣潤一郎の『金色の死』に感銘を受け、ドストエフスキーなどに傾倒。そしてこの期

声に出したい名文

このお話は、そういう出没自在、神変不可思議の怪賊と、日本一の名探偵明智小五郎との、力と力、知恵と知恵、火花をちらす、一騎うちの大闘争の物語です。

『怪人二十面相』

間に出会ったのが妻・隆子だった。事業がなかなかうまく行かずじり貧の生活だったが、乱歩は隆子との結婚を決意したという。

> 海外小説に劣らない本格探偵ものだった。
> 小酒井不木

乱歩は処女作をいくつかの雑誌に投稿するも、いまだ推理小説というジャンルが確立されていなかった日本では受け入れられなかった。そんななか、乱歩の小説は翻訳探偵小説に力を入れていた森下雨村の目にとまる。雨村は即座に小説を掲載することを決め、小酒井不木に批評を依頼した。不木は医学知識と海外の探偵ものに通じた研究・翻訳家だった。不木のお墨つきをもらい、探偵小家・乱歩は華々しいデビューを飾ったのだ。

> 大量の書簡や写本を送りあったものさ。
> 岩田準一

ようやく不木の推薦を得て文壇デビューした乱歩は、小説家としての地位が確立した頃、ある研究をはじめる。男色研究だ。その道の研究家であった南方熊楠や岩田準一らと競うように文献を収集。のちに精神分析研究会などにも参加しており、人間の《異常さ》への感心は強まっていった。作品では男色に限らず、男装の女賊や美少年ものを手がけていった。金融恐慌などで荒廃的な時勢の中、エロ・グロ・ナンセンスの風潮は受け入れられていった。

自身も同性愛には関心があり、お稚児や若い歌舞伎役者に入れ込んでいたというが、性愛はなく、プラトニックなものだったという。

声に出したい名文　真の探偵趣味というものは、ほんの少数の人にしか理解できない一つの快楽であつて、それを楽しみ得る自分は何という仕合わせ者であろう。
『探偵小説は大衆文芸か』

文豪に愛された薄幸の人

堀辰雄【ほり たつお】

〈病弱だけど旅好き？〉

軽井沢はもちろん、静養や人を訪ねて、伊豆、信州、信濃追分、京都、鎌倉、奈良などさまざまな所へ旅した。

〈文豪にモテモテ？〉

犀星や芥川のみならず、辰雄は多くの文士たちに可愛いがられていた。川端康成は別荘を貸したりしている。

東京生まれの小説家。フランス文学の心理主義的手法の影響を受け、知性と感性の融合した独特の世界観を描く。『聖家族』『風立ちぬ』など。

イラストレーター◆雨溜カサコ

堀辰雄の構成要素

病弱

軽井沢

古典への傾倒

芥川龍之介との師弟関係※1

さまざまな共通項をもつ2人は、まるで義兄弟かと思うほど強い師弟関係を結んでいた。

幾たびも体験する闘病生活※2

青年期から肺が弱く、結核を患った。晩年はほとんど執筆ができないほど悪化していた。

国内外にかかわらず古典に親しむ

戦時下の日本回帰の気運もあり、少年時代に読んでいた『更級日記』や、ドイツ詩人・リルケなどの古典に再び親しんだ。

軽井沢は第二のふるさと?

静養も兼ね、軽井沢には毎年のように訪れていた。宿泊先はたびたび変えていたようだ。

西暦	年齢	できごと
1904年 明治37年	0歳	東京市にて誕生。妾の子だったが嫡子として届けられる。
1921年 大正10年	17歳	第一高等学校に入学。親友から文学の世界へ誘われる。
1923年 大正12年	19歳	同年、室生犀星、芥川龍之介と交流をもつ。(※1)
1925年 大正14年	21歳	犀星の紹介で萩原朔太郎をはじめ、さまざまな文士と交流する。
1926年 大正15年	22歳	中野重治、窪川鶴次郎らと「驢馬」を創刊。
1927年 昭和2年	23歳	芥川の自殺に衝撃を受ける。全集の編集に従事。
1929年 昭和4年	25歳	東京帝国大学を卒業。卒業論文の題材は芥川だった。
1935年 昭和10年	31歳	婚約者・綾子に付き添い、富士見高原療養所に入院。同年末、結核により綾子が死去する。
1936年 昭和11年	32歳	婚約者の死を受けて書き上げた『風立ちぬ』を発表。
1938年 昭和13年	34歳	室生夫妻の中立ちで多恵子と結婚する。
1947年 昭和22年	43歳	一時重態になる。これ以降は重い闘病生活が続いた。(※2)
1953年 昭和28年	48歳	容態が悪化し、死去。多磨霊園に納骨される。

あの人に聞いた！
辰雄さんのコト、教えて!!

人物相関図

養父　母

婚約するも死別　綾子

結婚　妻・多恵子

親友　神西 清

師事　P.58 室生犀星

師事　P.38 芥川龍之介

支持　立原道造　中村真一郎　福永武彦

文学の道に引き込んだのは俺だったらしい。

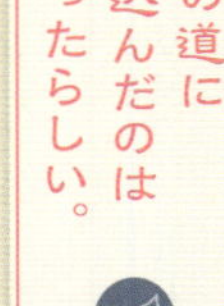

神西 清

辰雄の生涯の友である神西清との出会いは、第一高等学校理科乙類の寄宿舎で、初めて親元を離れた辰雄にできた親友であった。当時、数学者を夢見ていた辰雄に文学への道筋を示したのが神西だった。辰雄はドイツ作家、フランス詩人、ニーチェなどの哲学書など、幅広い文学を吸収していった。特に萩原朔太郎の詩集『青猫』を耽読し、生涯の憧れとした。その年の末には、処女作『清く寂しく』を「蒼穹」に発表している。

どうにもつい世話を焼いてしまっていたね。

室生犀星

室生犀星の近くに住んでいた知人の紹介を得て、辰雄は母と共に犀星のもとを訪れる。その年の夏には犀星を頼って軽井沢へ赴いた。

この直後に起きた関東大震災により、辰雄は母を亡くすのだが、その後も犀星は事あるごとに辰雄の面倒を見、第二の保護者のような存在になった。生活の面以外でも、犀星は芥川をはじめ、中野重治、窪川鶴次郎、萩原朔太郎、片山広子などを紹介し、交流の輪を広げていった。

他人のようには思えないほどの縁を感じた。

芥川龍之介

芥川とは犀星の紹介で知り合った。芥川は本所区小泉町育ち、辰雄は本所区小梅町育ち。芥川は養子、辰雄は妾の子と家庭環境が複雑で、2人とも辰年生まれで名に「龍・

辰」が入れられている。東京府立第三中学校、第一高等学校、東京帝国大学の同窓生でもあるなど、人生に多くの共通点があった2人は、師弟を超えてまるで義兄弟のようだったという。

その傾倒ぶりはすさまじく、辰雄は芥川の自殺後、体調不良をおして芥川の甥と共に『芥川龍之介全集』の編集に従事。翌年の帝大卒業論文に「芥川龍之介論」を記し、そこには「芥川龍之介は僕の眼を「死人の眼を閉ぢる」やうに静かに開けてくれました」とあった。また「芸術のための芸術」の中でも「芥川龍之介は僕の最もいい先生だった」と書き、のちに発表した小説『聖家族』は芥川の死がモチーフになっている。ちなみに、全集の編纂後は肋膜炎、卒業後に体調を崩し静養、『聖家族』脱稿後に喀血した。

子供はいませんでしたが幸せでした。
妻・多恵子

1933年、療養のために訪れた軽井沢で、油絵を描く少女・綾子と出会う。婚約をするものの、綾子は肺を病んでおり、その翌年には帰らぬ人となる。彼女は辰雄の代表作『風立ちぬ』の題材となった。

『風立ちぬ』を書き上げた後、喀血し入院した辰雄を支えたのは、信濃追分で出会った多恵子だった。1938年に室生夫妻に仲人を頼み、2人は結婚する。夫妻はいろいろなところへ共に出かけ、執筆などで生活が別々になっても多くの書簡を交わしていたという。多恵子は体調を崩しがちな夫の晩年を支え、その最期を看取った。辰雄についての随筆を多く残している。

声に出したい名文　死があたかも一つの季節を開いたかのやうだった。　『聖家族』

美の前に跪け！　美しさこそが全て
谷崎潤一郎【たにざきじゅんいちろう】
〈母親が美人で有名〉
谷崎の母・関は下町では評判の美人で、その人気は姉妹らと共に錦絵に刷られるほどだったと う。
〈生粋の江戸っ子〉
一高時代の谷崎は学生服を着用せず、袴を履き、帯に煙草入れを差し込むという江戸趣味を強調した格好で、江戸っ子としてのプライドを誇示した。
明治・大正・昭和に活躍した小説家。女性の美しさや官能美への崇拝を華麗な文体で表現し《耽美派》または《悪魔主義》と呼ばれる。代表作『痴人の愛』など。
人気 四
モテ 五
リッチ 三
多作 三
ストイック 二
ストレーター◆BISAI

谷崎潤一郎の構成要素

母は憧れの女性像

母・関への思慕は《母恋い》といわれ、谷崎は小説の中で亡き母の姿を若く美しい女性として再生してゆく。

愛欲が創作の原動力

美女の前では倫理も度外視してしまう谷崎は、所帯を得てからも妻以外の女性との交流が絶えなかった。尽きることない女性への関心を創作のエネルギーにしていたようだ。

女性に痛めつけられたい！

３人目の妻・松子に宛てた恋文の中で「一生あなた様に御仕へ申すことが出来ましたら、たとえそのために身を亡ぼしてもそれが私には無上の幸福でございます」と書き記している。

若い女性の足は宝玉

谷崎作品は、女性の足に関する描写が非常に多く、処女作の『刺青』ですでに「その女の足は、彼に取つては貴き肉の宝玉であつた」と艶かしい描写をしている。

西暦	年齢	できごと
1886年 明治19年	0歳	東京都日本橋に生まれる。
1908年 明治41年	22歳	東京帝国大学国文学科に入学。
1910年 明治43年	24歳	小山内薫らと第二次「新思潮」を創刊するも発禁になる。
1911年 明治44年	25歳	大学を退学。短編集『刺青』を刊行する。
1921年 大正10年	35歳	親交のあった佐藤春夫と絶交する。（昭和元年に和解）
1923年 大正12年	37歳	関東大震災にあい、一家で関西に移住。
1924年 大正13年	38歳	『痴人の愛』を「大阪朝日新聞」に発表。
1928年 昭和3年	42歳	『卍』を「改造」、『蓼食ふ虫』を「大阪毎日新聞」に発表。
1931年 昭和6年	45歳	『吉野葛』を「雑誌中央公論」に発表。
1942年 昭和17年	56歳	熱海に滞在し『細雪』の執筆を始める。
1947年 昭和22年	61歳	『細雪』が毎日出版文化賞受賞。
1949年 昭和24年	63歳	『細雪』が23回朝日文化賞を受賞。
1965年 昭和40年	79歳	腎不全から心不全を併発し自宅で逝去。

あの人に聞いた！

谷崎さんのコト、教えて!!

人物相関図

芥川龍之介
文学上の対立

佐藤春夫
一時、絶交

1人目の妻・石川千代
長女・鮎子
2人目の妻・古川丁未子
3人目の妻・根津松子
養女・恵美子（松子の連れ子／著作権継承者）

中学校時代の友人
吉井勇
辰野隆

第二次「新思潮」仲間
小山内薫
和辻哲郎

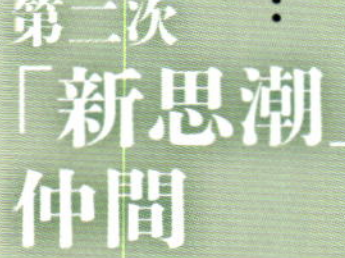

大貫晶川
後藤末雄
木村荘太

美しいって罪なのね。
せい子

石川千代と結婚してまもなく、谷崎は千代夫人の妹で15歳の美少女・せい子を引き取り養育することになる。彼女こそ谷崎の代表作『痴人の愛』に登場するナオミのモデルとなる女性だ。身長155cm、体重46kgと当時の女性としては大柄で均整のとれた体型だったせい子は、葉山三千子の芸名で女優として活躍し、谷崎は美しくしなやかな肢体をもつ彼女にどんどんと惹かれていった。義妹・せい子との恋愛は千代夫人との不和を招き、離婚の一因にもなった。

そんな私生活上の不穏に反して『痴人の愛』は大ヒット。男を翻弄してゆく美女・ナオミの小悪魔的な生き方は《ナオミズム》という流行語を生むほど人気を博した。せい子との出会いなくしては『痴人の愛』は成立しなかったといっても過言ではないだろう。

その足にずっと踏まれていたい……。
谷崎本人

『富美子の足』『瘋癲老人日記』には、美しい女性の足に踏まれたいと望む、《マゾヒズム》な男たちが描かれるが、谷崎自身もそのような性癖をもっていたのではないかといわれている。

谷崎は65歳のときに可愛がっていた21歳の親戚女性の千萬子に宛てた手紙の中で「薬師寺の如来の足の石よりも君が召したまふ沓の下こそ」（仏さまの足をかたどった墓石よりも、あなたが履いた靴の下に埋められたい）という内容の歌を贈っている。「瘋癲老

声に出したい名文　其れはまだ人々が「愚」と云ふ貴い得を持つて居て、世の中が今のやうに激しく軋み合はない時分であつた

『刺青』

人」とは谷崎自身がモデルだったのかもしれない。

谷崎先生の人気にあやかりますように。
瀬戸内晴美

谷崎は79間年の生涯のうち、所帯をもってから数えても約40回にわたる引っ越しを行っている。生活の事情があったには違いないが、関西へ移住してからの引っ越しは、常に彼の美意識や生活に対する積極的な快楽志向に促されることが少なくなかった。谷崎は新しい住まいで始まる未知の生活への期待と夢を抱き続けていたのではないかといわれている。

また、最晩年に湯河原に構えた新居・湘碧山房の建設中、谷崎が一家で仮住まいをしていた目白のアパートには、偶然にも小説家の瀬戸内晴美（瀬戸内寂聴）が住んでいた。瀬戸内は谷崎の仕事部屋の前を通るたびにドアに右手をあてて「あやかりますように」とつぶやいたそうだ。

谷崎、また下宿代滞納してる……。
江口渙

最初の短編集『刺青』を発表した谷崎は、《悪魔主義》の作家と呼ばれ一躍文壇の寵児となった。だが、《悪魔主義》というレッテルにとらわれ過ぎていたためか、過剰に芸術家意識をもつようになり、自らを破壊的な放浪生活へ追い込んでいく。

作家の江口渙は、本郷の下宿組合が張り出す下宿代の長期滞納者名簿の中で、谷崎の名前を見かけたことがあると書き記している（『谷崎潤一郎の思い出』より）。

声に出したい名文

あの、お富美さんの足が僕の顔の上を踏んでくれた時の心持ち――あの時僕は踏まれている自分の方が、それに見惚れて居る隠居よりもたしかに幸福だと思いました

『富美子の足』

〈幼い頃は神童〉

小学校の成績は最も優れたオール甲、おまけに達筆であったため幼い頃は周囲から《神童》と呼ばれ、もてはやされていた。

〈不良系中二病少年〉

学生時代からソフト帽を平らに潰してかぶり、オーダーメイドで作った羅紗のマントを着用した格好で過ごしていた。社会規範への抗いが読み取れる。

大正・昭和時代の詩人。フランス象徴派の詩人に傾倒し、音律に優れた叙情詩を遺す。代表作に『山羊の歌』『在りし日の歌』などがある。

イラストレーター◆水玉

中原中也の構成要素

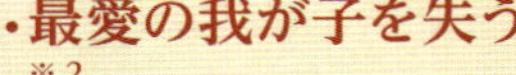

最愛の我が子を失う※2

詩壇に登場し、ようやく詩人として立脚地を固めた矢先、最愛の長男であった文也を病気で亡くす。悲嘆から精神錯乱状態になった。

好き嫌いがはっきりしている

幼い頃から短歌に才能を示し詩作には精力的に励んだが、学業は怠けてばかりで落第。両親を大いに失望させた。

愛称は「ダダさん」

少年期に高橋新吉の『ダダイスト新吉の詩』に出会い大きな感銘を受け、自分の詩作の形を見つけ出した。

年上の女性を巡ってトラブルに※1

京都で出会った女優志望の長谷川泰子と恋に落ちたが、友人の小林秀雄と三角関係になり心に深い傷を受けた。

西暦	年齢	できごと
1907年 明治40年	0歳	山口県山口市湯田温泉の医家に生まれる。
1915年 大正4年	8歳	弟・亜郎の死を悼み初めて詩を作る。
1920年 大正9年	13歳	「婦人画報」「防長新聞」に投稿した短歌が入選する。
1923年 大正12年	16歳	京都の立命館中学校に転入学する。
1924年 大正13年	17歳	女優志望の恋人・長谷川泰子と同棲を始める。
1925年 大正14年	18歳	東京へ移住。連れ立った泰子が小林秀雄の元へ去る。（※1）
1931年 昭和6年	24歳	東京外国語学校専修科仏語部に入学。
1932年 昭和7年	25歳	ノイローゼが酷くなり幻聴が聞こえるようになる。
1933年 昭和8年	26歳	親戚と結婚。『ランボオ詩集（学校時代の歌）』を刊行。
1934年 昭和9年	27歳	長男・文也が誕生。『山羊の歌』を刊行。
1936年 昭和11年	29歳	溺愛していた文也が病死。次男の愛雅が生まれる。（※2）
1937年 昭和12年	30歳	『ランボオ詩集』を刊行。結核性脳膜炎のため死去。
1938年 昭和13年	没後	『在りし日の歌』が刊行された。次男の愛雅が病死。

人物相関図

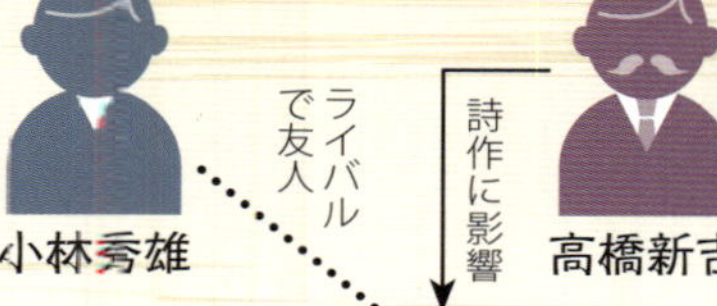

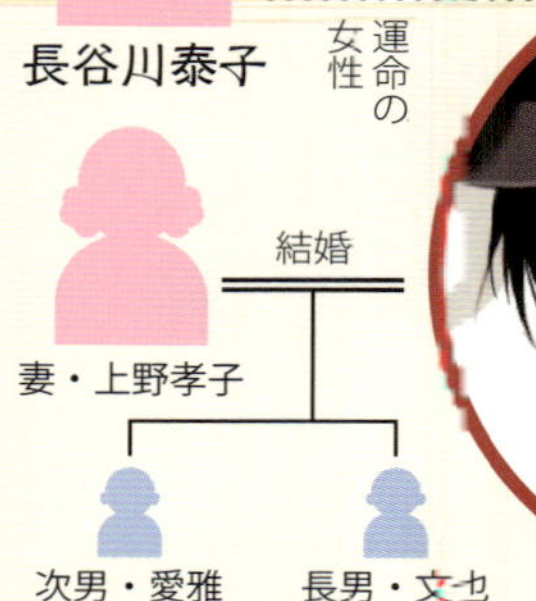
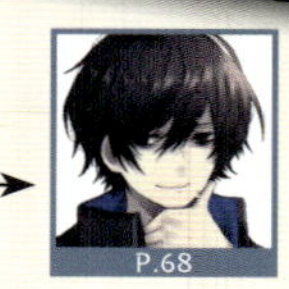

大学生グループ

同人雑誌「白痴群」

あの人、酒に酔ったら手がつけられないんです。
大岡昇平

中也の酒癖が悪いことは交流のあった知人による数々のエピソードから伺い知ることができる。特に詩作を通じて交友関係が盛んになった十代後半からの中也は、酒に酔っ払って騒動を起こすことも少なくなかった。友人の大岡昇平を殴ったり、酒場で太宰治にちょっかいをかけ口論に発展させたという逸話も残されている。

さらに、22歳のときには酔った勢いで渋谷町会議員の軒灯を破壊し、渋谷署に拘置されるという警察沙汰まで起こしている。多感な時期に《放蕩の味》を覚えた中也は、創作に強い影響を受けたフランスの詩人・ランボーさながらの破滅的な生活を送っていた。

ダダさんは随分悪く変わってしまった。
高浜虚子

16歳の春に故郷を離れ京都の中学校へ編入した中也は、さらに奔放に振る舞い始める。創作履歴を綴った「詩的履歴書」にも「生まれて始めて両親を離れ、飛び立つ思ひなり」と、実家から開放され自由の身となった喜びが記されている。

学業を鼻で笑いカフェに出入りするなど、新生活の始まりは非行少年としての幕開けでもあった。中学校で講師をしていた京大生の冨倉徳次郎（のちに国文学者）と親しくなり、冨倉を介して富永太郎（没後、詩集が刊行）や正岡忠三郎らと接触。中也は冨倉らの大学生グループに混じって展覧会を観に行ったり、昼間から酒を呑む生活に明け暮

声に出したい名文　汚れつちまつた悲しみに　いたいたしくも怖気づき　汚れつちまつた悲しみに　なすところもなく日は暮れる……

「汚れつちまつた悲しみに」（『山羊の歌』収録）

恋人の泰子が親友・小林の元へ去った後も中也と泰子の仲はわりと？良好だったという
姦淫をしているようで不快だ！
小林
ギャイ
ギャイ
レストランで出くわしてしまった
泰子
中也
そして　それに小林は嫉妬したそうです

れていった。年少の中也は大学生たちから、ダダイズムの「ダダさん」の愛称で可愛がられていた。

私はたゞもう口惜しかつた！
中也本人

故郷を出た中也は自らの人生を大きく変えることになる2人の人物と出会う。1人目は中也よりも3歳年上で、女優を目指していた劇団員の泰子だ。2人は劇団の稽古場で知り合い、劇団が解散することになって行き場をなくした泰子を中也が部屋に住まわせたことから同棲生活が始まった。

その後、中也は泰子をともなって東京に上京。そこで出会ったのが、2人目の人物である小林秀雄だ。中也は東大で文学を学ぶ小林に自作の詩を見せるなどして、文学的交流を深めていく。そんな折、中也と泰子の不仲が顕在化したことと、小林が泰子に想いを寄せていたことが重なり三角関係が生じた。

その結果、泰子は中也を捨てて小林の元へと去ってしまう。この事件は、中也の詩作活動だけでなく人生そのものに大きな影を落とし、「我が生活」の草稿には失恋の痛みが綴られている。

一時は緊迫した三角関係に陥った3人だが、それぞれの恋愛関係が解消された後も、不思議と交友は継続している。中也は泰子が別の男性との間にできた子供の名付け親となり、また小林は中也が遺した2つの詩集の刊行に尽力している。

3人の間に芽生えたこの《奇妙な三角関係》は、恋愛を超え人間的な深い絆になっていたのかもしれない。

声に出したい名文
ホラホラ、これが僕の骨だ、生きてゐた時の苦労にみちたあのけがらはしい肉を破つて、しらじらと雨に洗はれヌックと出た、骨の尖。
「骨」（『在りし日の歌』収録）

みちのくが生んだ人間愛の伝道師
宮沢賢治【みやざわけんじ】
〈ベジタリアン〉
動物を食べることに罪の意識を感じ、20歳過ぎには菜食主義に。とはいえ、魚介類を食べることはあったらしい。
〈エスペラント語〉
世界共通言語として考案されたエスペラント語に関心が高かった。自作の詩もいくつか翻訳している。
大正・昭和時代の詩人・童話作家。農学校教員を経て農業指導に尽力するかたわら、多くの詩や童話を発表。代表作に『春と修羅（しゅら）』『銀河鉄道の夜』など。
人気 四
モテ 一
リッチ 三
多作 五
ストイック 四
イラストレーター◆おむ烈

宮沢賢治の構成要素

日蓮宗を熱心に信仰 ※2

家族は浄土真宗を信仰していたが、20歳頃から日蓮宗に傾倒。太鼓を叩き、お題目を唱えながら町中を歩き回ることもあった。

農民として生きる ※1

岩手に生まれ、豊かな自然に親しんで育った。賢治の生家は農家ではなかったが、むしろそれがコンプレックスとなり、人生の後半では自給自足の暮らしを始めた。

シスコン ※3

2歳下の妹・トシは賢治の理解者でもあった。トシの死後、賢治はそのショックからか半年ほど作品を執筆していない。

レコードコレクター

クラシック音楽を愛し、岩手でも有数のレコードコレクターだった。音楽好きが高じて、セロ（チェロ）を練習するも、≪セロ弾きの賢治≫の腕前はなかなか上達しなかったようである。

西暦	年齢	できごと
1896年 明治29年	0歳	岩手県花巻に生まれる。（※1）
1911年 明治44年	15歳	短歌の創作を始める。
1915年 大正4年	19歳	盛岡高等農林学校に入学し、寄宿舎に入る。
1918年 大正7年	22歳	盛岡高等農林学校卒業。
1920年 大正9年	24歳	日蓮宗への傾倒を強める。（※2）
1921年 大正10年	25歳	上京し童話を執筆。帰郷し稗貫農学校教員となる。
1922年 大正11年	26歳	妹トシが死去。「永訣の朝」などを執筆。（※3）
1924年 大正13年	28歳	『春と修羅』『注文の多い料理店』刊行。
1926年 大正15年	30歳	農学校退職。羅須地人協会を設立。（※1）
1928年 昭和3年	32歳	過労のため倒れ肋膜炎（胸膜炎）にかかる。
1931年 昭和6年	35歳	東北砕石工場の技師になるも体調が悪化する。
1932年 昭和7年	36歳	『グスコーブドリの伝記』執筆。
1933年 昭和8年	37歳	疲労と急性肺炎のため死去。

あの人に聞いた！
賢治さんのコト、教えて!!

人物相関図

結婚

父・政次郎　母・イチ

長男

三女・クニ　次男・清六　次女・シゲ　長女・トシ

溺愛

友人

詩人仲間

草野心平

高村光太郎

評価

影響

中原中也

P.88

賢治は幼い頃から何度か不思議な体験をし、それらを友人に語っている。ひび割れた夜空から伸びてくる無数の手や、木や花の精霊、読経する高僧の亡霊などを目撃したというのだ。そもそも賢治はオカルトに興味があり、少年時代は「コックリさん」や催眠術に熱中したこともあったという。

最愛の妹・トシが亡くなった後も、彼女が成仏していないと考えていたようで、稗貫農学校の生徒たちに「昨夜死んだ妹が訪ねてきた」と話したこともあったそうだ。

賢治の作品に漂う幻想的な雰囲気は、常人には見えない世界が覗けたからこそ生まれたのかもしれない。

賢治は浮世絵収集が趣味で、なかでも春画（性交の様子を描いたもの）は積み重ねると30～40㎝にもなるほど所有していたという。稗貫農学校の教員時代も、お気に入りをもち込んでは同僚たちと鑑賞会を開いていたらしい。

ある日、「性的絶頂を迎えている女性の足がピンと伸びているのはおかしい」と同僚が言うと、賢治は「それは違う、伸ばしているのが本当だ」と譲らなかったという。

友人には「性欲の乱費は自殺だ」とまで語り、自らに禁欲を課していた賢治は、生涯独身を貫いた。一説には童貞のまま亡くなったともいわれているが、果たして真相は……。

私のことを生徒さんに話したんですって。

妹・トシ

宮沢さんは童貞って噂もあったんですよ。

農学校・同僚

声に出したい名文

僕はもうあのさそりのやうにほんたうにみんなの幸のためならば僕のからだなんか百ぺん灼いてもかまはない。

『銀河鉄道の夜』

〜春画鑑賞中〜

童貞説が根強い賢治。しかし そんな彼は相当な春画コレクターであった

いやっ 伸ばしているのが正しい!!

女性が性的絶頂を迎えたときに 足がピンと伸びているのは おかしい

童貞なのに…

どうして売れなかったのか不思議ですよね。

中原中也

賢治の生前に発売された書籍は、詩集『春と修羅』と童話集『注文の多い料理店』の2冊のみ。現在のような人気はなく、文壇での評判もイマイチだった。

しかし中には賢治の作品を高く評価した人々がいる。その1人が中原中也で、当時まだ詩人の卵だった彼は、安売りされている『春と修羅』を見つけるたびに購入し、その良さを力説しながら知人にプレゼントしていたという。

賢治の死後、やはり賢治を評価していた草野心平らが中心となり全集が発刊されたが、中也は「どうしてこれらの作品が評価されなかったのか不思議である」といった内容の一文を寄稿している。

最期にあの子は笑ったんだよ。

父・政次郎

熱心な浄土真宗の信者であった父・政次郎と、強い信念のもと日蓮宗へと改宗した賢治は宗教や信仰について意見を戦わせることも多く、確執を抱えていた。しかし、臨終の間際、「日蓮宗の経典を作って知り合いに配ってほしい」と頼む賢治の言葉に、政次郎も「たいしたものだ」と感嘆。賢治は「お父さんにとうとう褒められた」と笑ったという。

長年わだかまりのあった父親と和解して、思い残すこともなくなったのだろう。賢治はその後、水を飲み、オキシドールをつけた脱脂綿で静かに自らの体を清めると、そのまま静かに息を引き取り、37年の生涯を終えた。

声に出したい名文

ヒデリノトキハナミダヲナガシ　サムサノナツハオロオロアルキ　ミンナニデクノボートヨバレ　ホメラレモセズ　クニモサレズ　サウイフモノニ　ワタシハナリタイ　「雨ニモマケズ」(遺作メモより)

坂口安吾【さかぐち あんご】
仏文化に刺激され生まれた耽美な世界
〈ハゲがある!?〉
34、5歳のとき、酒を飲んでいる際に大井広介に発見されて以来、気にしていたらしい。
〈酒は酔うために飲む〉
ウィスキー好きで知られていた安吾。しかし飲むのは酔って眠るためだったという。
昭和の小説家、評論家、随筆家。《無頼派(新戯作派)》。純文学のみならず歴史小説や推理小説、さらには随筆も執筆。代表作は『堕落論』『白痴』など。
人気 五
モテ 五
リッチ 四
多作 五
ストイック 三
イラストレーター◆poni

坂口安吾の構成要素

薬物
錯乱
フランス
家族

エッセイにまで登場するヒロポン※2

睡眠障害や頭痛の緩和に使用しだし、いつしか摂取量も増え、中毒に陥った薬物。晩年は錯乱し、入院や警察署留置、自殺未遂など引き起こし続けていた。

発端は交通事故

1926 年に交通事故に遭い、後遺症から頭痛や被害妄想が始まる。さらに睡眠時間を削っての猛勉強が祟り、自殺欲や錯乱症状を起こすように。

フランス文学に傾倒※1

語学学校のアテネ・フランセでの勤勉さを見て、母がフランスへ留学させようと思ったほどだったというが、「自殺しかねない」という危惧もあり、断念。

親としての自覚※3

50 歳近くなって親となり、その成長に伴い愛情が深まっていき、親としてしっかりしようと貯金を考えるなど、家族をもち意識は変わっていった。しかし息子 2 歳のときに死去してしまう。

西暦	年齢	できごと
1906年 明治39年	0歳	新潟県新潟市に生まれる。13人兄妹の12番目。本名・炳五。
1922年 大正11年	16歳	東京の私立豊山中学校（現・日本大学豊山高等学校）へ転校。
1926年 大正15年	20歳	教師を辞め、東洋大学印度哲学倫理学科入学。
1928年 昭和3年	22歳	語学学校、アテネ・フランセ初等科でフランス語を学ぶ。（※1）
1930年 昭和5年	24歳	アテネ・フランセの友人らと同人誌「言葉」創刊。
1931年 昭和6年	25歳	処女小説『木枯の酒倉から』を発表。以降、小説、随筆、翻訳などを発表。
1932年 昭和7年	26歳	女流作家・矢田津世子と知り合い交際が始まる。
1944年 昭和19年	38歳	黒田官兵衛主人公の歴史小説『黒田如水』発表。
1946年 昭和21年	40歳	論評『堕落論』発表。
1947年 昭和22年	41歳	『桜の森の満開の下』を発表。
1949年 昭和24年	43歳	薬物中毒により入院。（※2）
1953年 昭和28年	47歳	長男誕生（妻との入籍は前年）。（※3）
1955年 昭和30年	48歳	脳出血により死去。

あの人に聞いた！
安吾さんのコト、教えて!!

人物相関図

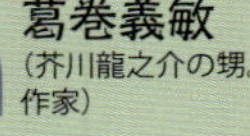

炳五はとてつもなく偉くなるか、とんでもない人間になるかどちらかだ。
叔父

新潟時代の炳五（安吾）少年は、大変に破天荒な子供で、町内のガキ大将的な存在。近所の子供たちを引き連れて、喧嘩をしてきては、破れた着物で帰宅をするほど。そんな様子を見て、叔父が言ったという一言に、当時の彼の様子がうかがえる。授業が面白くなかった炳五少年は次第に勉学から離れ始め、中学で留年。落第濃厚で放校を危惧した父と、常に心配していた兄・献吉が、炳五少年を東京の中学校へと転校させている。ちなみに炳五少年はそんな兄・献吉の影響で文学にも多く触れ、ボードレールや石川啄木の影響を受け、自身を「偉大なる落伍者となる」と豪語していたとか。

安吾も音楽が好きで何か新しいものはないか、などとよくきかれてね。
伊藤 昇

アテネ・フランセへ通い出した安吾は多様な文化に触れて、新たな仲間たちとの親交を深めながら見聞を広げていく。そのアテネ・フランセ内で「文芸・音楽・映画の会」と銘打たれた大会が開催された際には、さまざまなジャンルの文化人やその卵たちと共に幅広く芸術に触れる。そんな気運の中で小説家への夢を本格化させた彼は、親友・長島萃らと共に同人誌「言葉」を創刊。創刊号には翻訳「プルウストに就てのクロッキ」（マリイ・シェイケビッチ）を掲載するなど、活動を本格化する。音楽にも造詣を深めていった彼は、伊藤昇や太田忠ら音楽家とも親交していった。

声に出したい名文　個人の自由がなければ、人生はゼロに等しい。何事も、人に押し付けてはならないのだ。『戦争論』

1932年、安吾は美人女流作家の矢田津世子と出会う。自伝小説『二十七歳』の中でも、安吾は「頭のシンがしびれるぐらい」の恋を知る。途中、矢田が体調を崩し、同じ頃に安吾が酒場「ボヘミアン」のマダム・お安さんと同棲するなど離別期間があるものの、1936年に再会し、愛は再燃。その恋情を安吾は『三十歳』の中でこう記す。「私の感情は、あの人をめぐって狂っていた。恋愛というものは、いわば1つの狂気であろう。私の心に住むあの人の姿が遠く離れれば離れるほど、私の狂気は深まっていった」

すれ違う心のままに絶縁した2人は二度と会うことはなく、1944年、津世子の訃報を聞いた安吾はしばらくの間、打ちのめされたそうだ。

このつつましく激しく
しかも実らなかった
2人の恋。
作家・近藤富枝

安吾がしばらく身を寄せていた作家・檀一雄の息子・檀太郎が記した「安吾鍋」は、何でもかんでも手あたり次第に食材を入れていくという闇鍋に近い物であり、安吾自身同様に「破天荒な」ものだったとか。しかし取り分けチーズに関しては、一般の人はなかなか手に入れることのできないような高価なチーズを使っており、そのチーズからいい出汁が染み出たスープは絶品だったのだそう。水を使わず高価な日本酒を惜しげもなく注いで、食材を煮たという安吾鍋。酒を愛し、美食家だった彼らしい逸話だ。

安吾鍋というのは
まことに贅沢極まりない
鍋でもあった。
檀太郎

声に出したい名文　恋愛は、言葉でもなければ、雰囲気でもない。ただ、すきだ、ということの一つなのだろう。
『恋愛論』

〈ヒロポン〉

覚醒剤ヒロポンが合法だった時代、眠気ざましとして常用。宴会の席などでも人目をはばからず注射していた。

〈オダサク〉

織田作之助を略した「オダサク」が愛称。本人は《読者に軽く思われている証》と不満に思っていたらしい。

昭和時代の小説家・脚本家。1935年から本格的な創作活動を開始し、権威に反抗的な作風から《無頼派》と呼ばれた。代表作に『夫婦善哉』『世相』など。

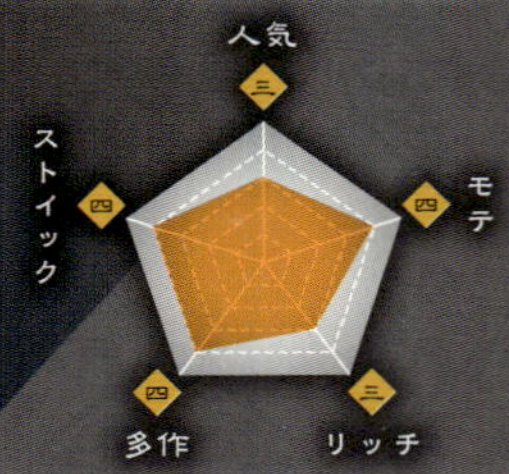

イラストレーター◆雪村

織田作之助の構成要素

一枝、命！※2

一目惚れした宮田一枝と同棲するも、彼女が浮気するのではという嫉妬に苦しんだ。嫉妬は織田作品の大きなテーマでもある。

浪花を愛し、浪花を歩く※1

小説の舞台は大阪が多く、人情味あふれる庶民の生活を描きつづけた。放浪癖のあった織田は毎日のように大阪市街を歩き回り、馴染みの店も多くあった。

主人公＝俺自身※3

スタンダールの小説『赤と黒』の主人公、ジュリアン・ソレルと自分の共通点（生い立ちや恋愛に苦悩する点など）に衝撃を受け同一視。そこから小説のテーマが次々と生まれるようになった。

西暦	年齢	できごと
1913年 大正2年	0歳	大阪府大阪市に生まれる。（※1）
1926年 大正15年	13歳	大阪府立高津中学校に入学。
1931年 昭和6年	18歳	第三高等学校に入学。文学仲間と出会う。
1934年 昭和9年	21歳	卒業試験落第。宮田一枝と出会う。（※2）
1936年 昭和11年	23歳	第三高等学校を退学。
1937年 昭和12年	24歳	劇作勉強のため上京。
1938年 昭和13年	25歳	『赤と黒』に影響を受け小説家を志す。（※3）
1939年 昭和14年	26歳	大阪に戻る。一枝と結婚。
1940年 昭和15年	27歳	『夫婦善哉』『俗臭』『放浪』などで注目される。
1941年 昭和16年	28歳	同人誌「大阪文学」を創刊。
1944年 昭和19年	31歳	一枝死去。初めてシナリオを手がける。
1946年 昭和21年	33歳	笹田和子と再婚するも、すぐに離婚する。
1947年 昭和22年	33歳	肺結核の発作により死去。

あの人に聞いた！

織田さんのコト、教えて!!

人物相関図

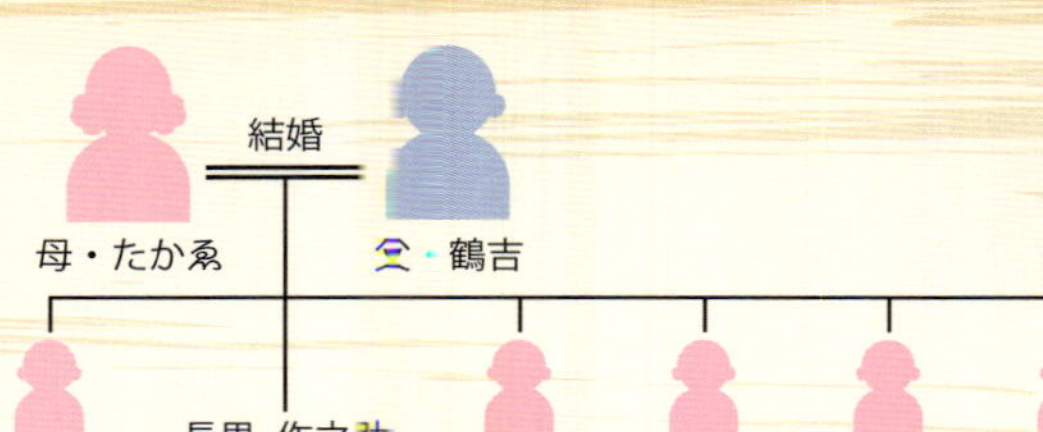

無頼派〈三羽ガラス〉

太宰 治

坂口安吾

文学仲間

親友

三高文学仲間

白崎礼三　瀬川健一郎

惚れた女は奪ってなんぼ！でしょ（笑）。
瀬川健一郎

第三高等学校（京都大学の前身）に入学した織田は、当時、既に詩人として活躍していた白崎礼三やのちに毎日新聞社に入社し「小学生新聞」の編集長となる瀬川健一郎と出会い、友情を育んだ。学校には通わず、カフェをはしごしては文学談義に花を咲かせる日々。織田は彼らと出会い文学を志すようになったといってもいいだろう。

彼らの通った酒場の1つに「ハイデルベルヒ」があったが、そこで働いていた宮田一枝に織田は一目惚れする。どうにか一緒に暮らしたいと願うが、一枝は実家の借金を返すために、半監禁状態で働いていた。事情を知った織田や友人たちは、一枝の奪還を計画。ある日の深夜、ハイデルベルヒの2階にある一枝の部屋にはしごをかけ、彼女を脱出させたのだった。

私の髪の毛をずっともっていてくれたんですって。
妻・宮田一枝

一枝と織田はすぐに同棲を始めるが、一枝は生活のために他のカフェで働く毎日。織田は嫉妬に苦しみ、この嫉妬こそが織田文学を支える重要なテーマとなったことは見逃せない。2人はのちに結婚し、織田の作家生活を一枝は献身的に支えた。昼間は家事や炊事、来客の対応をし、夜は執筆をする織田の世話。まさに寝る間を惜しんでのサポートは、一枝の体をむしばみ、やがて子宮ガンによって死去することとなる。一枝が死んだ際、織田は号泣し遺書まで書

いている。

その後、幾人かの女性と恋愛関係になるも最愛の人は一枝だったようで、彼女の遺髪を封筒に入れ、いつも身につけていたという。

モデルにされた主人がそらもう怒ってなぁ……。

姉・千代

織田作品に登場する人物の多くは、彼自身の周辺にいる人物をモデルにしていることが多い。

代表作『夫婦善哉』も、次姉・千代と夫・山市乕次がモデルとされており、主人公である柳吉と蝶子夫婦が何か商売を始めてはすぐに失敗する、というストーリーに乕次は怒り狂い、「ようほんまのことを書きよったな!!」と赤鉛筆を握りしめ、書籍を塗りつぶしたという。

自分がバカに見えるよう加筆したんだ。

坂口安吾

戦後、文壇の権威を否定する破壊的で反逆的な作品を執筆する作家たちは《無頼派》と呼ばれた。なかでも坂口安吾、太宰治、織田は「無頼派三羽ガラス」と呼ばれ、大衆から支持を受ける。彼らは2回程、座談会を行っているが、坂口や太宰が酔っ払い収拾のつかない状態におちいったという。後日、坂口が座談会の原稿をチェックすると、ふざけた織田がピエロ的な役回りになるよう織田自身が加筆しており、そのサービス精神は見上げたものだと述懐している。破天荒なイメージがついてまわるが、もとは劇作家志望だった織田。観客（読者）のことを考えたエンターテイナーだったのだ。

声に出したい名文　だし抜けに、荒々しく揺すぶって、柳吉が眠い眼をあけると、「阿呆んだら」そして唇をとがらして柳吉の顔へもって行った。　『夫婦善哉』

昭和時代に活躍したその他の文豪

《江戸》を愛した文化人

永井荷風【ながい かふう】

1879～1959年、東京生まれ。広津柳浪に入門、その傍らで尺八や落語、歌舞伎作者の修行を積む。米仏に留学後は《耽美派》の代表格となる。「三田文学」を創刊。

『腕くらべ』 1916～1917年発表

新橋の芸妓を主人公に、花柳界の人々を描いた花柳小説の代表作。艶っぽい描写の中に年中行事など市井の暮らしが描かれており、反時代的な文明批評家としての一面も現れている。「文明」にて連載され、のちに私家版として限定数のみ刊行された。

労働者を描く社会派作家

小林多喜二【こばやし たきじ】

1903～1933年、秋田生まれ。銀行に勤めながら共産主義運動に近づき、志賀直哉に傾倒。プロレタリア作家として国家権力に抵抗する労働者の姿を描いた。『蟹工船』の発表後、プロレタリア文学の執筆を理由に銀行を解雇されている。その後、特高警察に逮捕、虐殺された。

『蟹工船』 1929年発表

蟹工船で過酷な強制労働による搾取を受ける労働者たちが、階級意識に目覚め、団結して立ち上がっていく過程を描いたプロレタリア文学の代表作。近年、ワーキングプア問題との類似性から若者を中心に再び共感を集め、話題となった。

（角川グループパブリッシング／2008年）

廃退的なエロスを描く

三島由紀夫【みしま ゆきお】

1925～1970年、東京生まれ。古典的様式美とエロスを追求した作品を多く発表する。ナショナリズムを説く《楯の会》を結成。自衛隊駐屯地にて割腹自殺した。

『仮面の告白』 1949年発表

上流階級の孤独の中で育った「私」は、やがて自分が男色傾向をもつことを意識する。愛情を覚えた女性は他の男と結婚し、時代に和合できない孤独を描いた。世が不道徳とするものを、典雅な文体と構成の中に込めた《三島文学》初期の代表作。

超現実主義に傾倒

安部公房【あべ こうぼう】

1924～1993年、東京生まれ。シュールレアリスム、マルクス主義に傾倒。前衛的な手法を使う実在主義作家。

『砂の女』 1962年発表

昆虫採集の旅に出た男が、砂丘地帯の蟻地獄のような穴に閉じ込められ、ある女との生活を余儀なくされる。閉塞的な状況の中、与えられた条件を克服し自己変革を目指す姿が描かれている。世界中で翻訳され、フランスで最優秀外国文学賞を受賞した。

キリスト教の意義を問う

遠藤周作【えんどう しゅうさく】

1923～1996年、東京生まれ。日本文化におけるキリスト教の意義を描いた。戦後派以降の「第三の新人」の1人。狐狸庵山人の号でユーモラスな作品も手がけた。

『海と毒薬』 1957年発表

太平洋戦争中に行われていた、米兵捕虜を臨床実験の被験者として使用した《九大生体解剖事件》を題材に描かれた小説。生命の尊厳と戦争下での人間の狂気を下敷きに、キリスト教的な神をもたない日本人の罪の意識について描いた。

独自の解釈で歴史を描く

司馬遼太郎【しば りょうたろう】

１９２３〜１９９６年、大阪府生まれ。新聞社に勤務しながら「近代逸話」を創設。戦国時代や幕末といった歴史の変革期を題材とした歴史小説を数多く執筆し、昭和を代表する作家となる。

『龍馬がゆく』１９６３〜１９６６年発表

土佐の脱藩志士・坂本龍馬の生涯を、綿密な資料に基づいた独自の解釈で描いた長編歴史小説。本作については「日本史の中で世界のどの民族に見せても共感を呼ぶ《青春》は坂本龍馬のそれしかない」と語っている。NHK大河ドラマの原作にもなっている。

（文藝春秋社／1998年）

冴えない名探偵の生みの親

横溝正史【よこみぞ せいし】

１９０２〜１９８１年、兵庫県生まれ。『恐ろしき四月馬鹿』が江戸川乱歩に認められて上京。「新青年」「探偵倶楽部」の編集に携わりながら、日本の風土と怪奇を融合させた本格推理小説を発表する。前期は耽美的な作風だったが、第二次大戦後は本格トリック小説を手がけている。

『本陣殺人事件』１９４６年発表

宿場本陣の旧家で婚礼が執り行われた夜、新郎新婦が惨殺される。完全な密室状態の中で起きた事件の謎を名探偵・金田一耕助が解き明かしていく。

金田一耕助シリーズの第一作。緻密な論理的構成をもつ本格派で、戦後の推理小説リバイバルの原点となった。

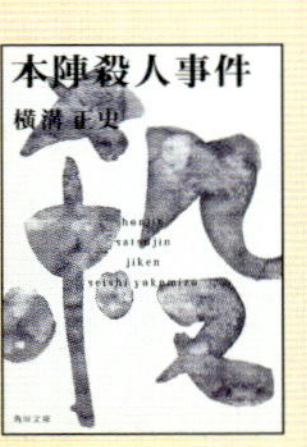

（角川書店／1973年）

現在活躍している作家

大江健三郎【おおえ けんざぶろう】

１９３５年、愛媛県生まれ。東京大学在学中から多くの作品を発表し、大型新人として認められる。戦後日本の閉塞感を描いた。代表作は当時最年少の23歳で芥川賞を受賞した『飼育』や、『死者の奢り』など。日本で2人目となるノーベル文学賞受賞者。

京極夏彦【きょうごく なつひこ】

１９６３年、北海道生まれ。柳田国男や水木しげるの影響で妖怪研究に没頭。妖怪・民俗学の豊富な知識を活かした幻想的な妖怪小説、長編ミステリーを描く。『後巷説百物語』で直木賞を受賞。他、『魍魎の匣』、『嗤う伊右衛門』など。

綾辻行人【あやつじ ゆきと】

１９６０年、京都府生まれ。どんでん返しと抒情的な表現を得意とし、謎解きや名探偵の活躍を主眼とした《新本格派ミステリー》の先駆けとなる。妻は作家の小野不由美。代表作は『十角館の殺人』以降、『館』シリーズ、『Another』など。

宮部みゆき【みやべ みゆき】

１９６０年、東京生まれ。親しみやすい身近な設定と巧みなストーリー展開で、推理・ミステリー・SF・時代小説など分野を問わず多彩な作品を執筆。多数の文学賞を受賞している。代表作に『模倣犯』『本所深川ふしぎ草紙』など。

村上春樹【むらかみ はるき】

１９４９年、兵庫県生まれ。翻訳やエッセイでも知られ、国内外ともに評価が高い。複雑に練り込まれた、時に難解な作品性が特徴で、本人の人間性に心酔するファンも多い。通称「ハルキスト」。代表作は『ノルウェイの森』『１Ｑ８４』など。

文豪資料

ここでは、本書に掲載した21名の文豪の作品を通して表現したかったこと、作品の舞台や故郷などの所縁の場所を紹介しています。また代表作から、文豪の生き方、思想が反映された2作品を選出。

樺太
「オホーツク挽歌」宮沢賢治
（樺太 東海岸栄浜）

長野県
『河童』芥川龍之介
（長野県松本市 上高地）
『破戒』島崎藤村
（長野県 飯山市）
『風立ちぬ』堀辰雄
（長野県 富士見）
『美しい村』堀辰雄
（長野県 軽井沢）

京都府
『山椒大夫』森鷗外
（京都府 由良海岸）
『檸檬』梶井基次郎
（京都府京都市）

岩手県
「小岩井農場」
宮沢賢治
（岩手県岩手郡）

兵庫県
『城の崎にて』志賀直哉
（兵庫県 城崎温泉）

福井県
『高野聖』泉鏡花
（福井県 飛騨天生峠）
『夜叉ヶ池』泉鏡花
（福井県 南条）

兵庫県／鳥取県
『暗夜行路』志賀直哉
（鳥取県 大山、兵庫県 尾道など）

東京都
『それから』夏目漱石
（東京都文京区）
『武蔵野』国木田独歩
（東京都多摩郡）
『牛肉と馬鈴薯』国木田独歩
（東京都 桜木町）
『あにいもうと』室生犀星
（東京都 多摩川六郷）
『D坂の殺人事件』江戸川乱歩
（東京都文京区）
『痴人の愛』谷崎潤一郎
（東京都 大森など）
『白痴』坂口安吾
（東京都 蒲田）

島根県
『知られざる日本の面影』
小泉八雲（島根県 出雲）

静岡県
『金色夜叉』
尾崎紅葉
（静岡県 熱海）

香川県
『父帰る』菊池寛
（香川県高松市）

三重県／滋賀県
『桜の森の満開の下』
坂口安吾
（三重県／滋賀県 鈴鹿峠）

神奈川県
『こころ』夏目漱石
（神奈川県 鎌倉由比ヶ浜）

大分県
『恩讐の彼方に』
菊池寛
（大分県 耶馬渓）

大阪府
『夫婦善哉』織田作之助（大阪府）
『世相』織田作之助（大阪府 南河内郡）

森 鷗外

「島根の森林太郎」として死にたい……

留学後の鷗外は『舞姫』を執筆し、自我に目覚める青年の苦悩を描いたが、軍からは左遷人事が下された。母・峰子の心配どおり、留学先での恋愛を公にすることが許されなかったのである。

ここから数年、小説家としての鷗外は完全に沈黙する。

左遷人事によって福岡県北九州市に赴任した鷗外が住んだ家は「森鷗外旧居」として保存されている。

その間、アンデルセンの『即興詩人』を翻訳し、その美しい訳文は原作をしのいだと評価されている。

その後、軍医の最高位に返り咲いた鷗外は、夏目漱石らの活躍に刺激を受け創作を再開。『ヰタ・セクスアリス』や『雁』などの小説や、『阿部一族』『大塩平八郎』などの歴史小説も著した。

遺言には「石見人、森林太郎として死にたい」といった旨が記され、生前の鷗外が軍の人間関係や母の期待、文壇の評価から解放されたかったことを物語っている。しかし、生真面目に軍医と作家でありつづけた彼の苦悩こそ、名作を生み出す原動力となったのだ。

『舞姫』

■1890年発表

立身出世を目指す太田豊太郎は官吏としてベルリンに留学し、踊り子・エリスと恋に落ちる。やがて封建的な自分の価値観に気づき、生き方に疑問を抱きはじめるなか、エリスとの仲を中傷され免職に。友人・相沢の尽力によって名誉を回復させ、帰国できるチャンスを得るが、エリスとの愛も捨てがたい豊太郎は思い悩む。

自我に目覚めた知識階級の苦悩と挫折を、擬古文を用い描き出した鷗外の小説デビュー作。「自我」という概念を、初めて日本にもち込んだ作品とされている。自身の留学体験を下地に執筆されており、発表後、豊太郎の取ったエリスへの行動を非難した評論家・石橋忍月と、結末を巡って「舞姫論争」も起こしている。

青

（角川書店／2013年）

『山椒大夫』

■1915年発表

旅路の途中、人買いに騙されて母と離ればなれになった姉・安寿と弟・厨子王の物語。幼い姉弟は丹後国（京都府）に住む山椒大夫という金持ちに買われ働かされつづけたが、安寿は自分を犠牲にして厨子王を逃がすことを計画するのだった。やがて厨子王は姉の献身により無事に脱出、成長して国司となるが……。

昔話「さんせう太夫」を基に鷗外が創作を加えた歴史小説。歴史上の出来事に現代的な視点や解釈を加えた《歴史離れ》の作品として知られる。自我に目覚めながらも運命に勝てなかった主人公を描いた『舞姫』『雁』などの作品から一転、自らの手で運命を切り開く女性の強さと、自己犠牲の美しさを描いた。

青

（角川書店／2012年）

夏目漱石

辿りついた境地は「則天去私」

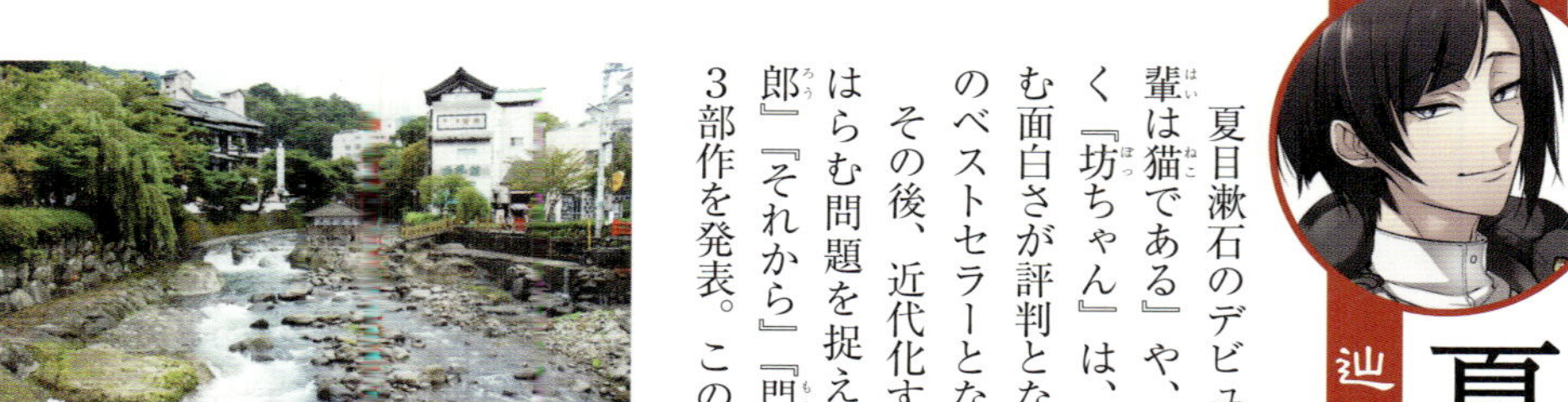

「修善寺の大患」の舞台となった、修善寺温泉（静岡県伊豆市）。

夏目漱石のデビュー作『吾輩は猫である』や、それに続く『坊ちゃん』は、風刺を含む面白さが評判となり、当時のベストセラーとなった。

その後、近代化する日本がはらむ問題を捉えた『三四郎』『それから』『門』の前期3部作を発表。この頃から漱石は、西洋と東洋の断絶や、人間のもつエゴイズムに苦悩するようになり、胃潰瘍を患ってしまう。やがて大吐血により生死の境をさまようと（「修善寺の大患」）、《生と死》に関する思索をより深めていくのだった。

そうして生まれた『彼岸過迄』『行人』『こころ』の後期3部作には、人間の不可思議さやエゴイズムを徹底的に見つめ、乗り越えていった漱石自身の内面が描かれているともいわれている。

そして彼は『道草』のなかで「則天去私＝天に則り、私を去る」という境地に辿りつく。しかし執筆途中で漱石は絶命、未完の大作となった。

『それから』

■1909年発表

実家が裕福であるために定職にも就いていない長井代助は、義侠心から自分の親友・平岡と愛する女性・三千代を結婚させた過去をもつ。やがて代助は親友とその妻に再会、交流を深めるにつれ、いまだ自分が彼女を愛していることに気づくのだった。平岡の失業や死産により夫婦仲が冷え切っていた美千代も、急速に代助を意識するようになっていくが……。

『三四郎』『門』と合わせ、前期3部作とも呼ばれる。不倫というタブーを通して、男女の愛の倫理的根拠や人間のもつエゴイズムを探る意欲作。人間が本来もっている感情と、社会のしきたりが対立する様を描き出した。2015年4月1日より、106年ぶりに朝日新聞にて再連載されている。青

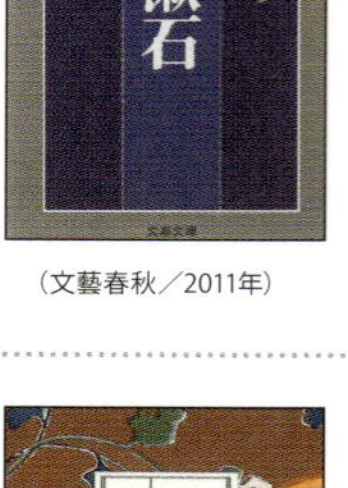

（文藝春秋／2011年）

『こころ』

■1914年発表

「私」が鎌倉で海水浴を楽しんでいた夏休みのある日、ひょんなことから知り合った「先生」。「先生」は妻と2人でひっそりと暮らし、墓参りに出かける以外は世間と交わろうとしない。やがて郷里に帰省していた「私」のもとに、「先生」からの分厚い手紙が届くが……。

漱石が死去する2年前に、幾度もの胃潰瘍の発作に苦しみながら書いた名作。明治天皇の大葬の日に自刃した、乃木将軍の殉死が物語の大きな鍵を握っており、「ひとつの時代の終焉」に対する漱石自身の決意も込められている。人が人を傷つけるエゴイズムの根深さと、その罪の清算というテーマは、発表から1世紀を経てもなお、力強く響いてくる。青

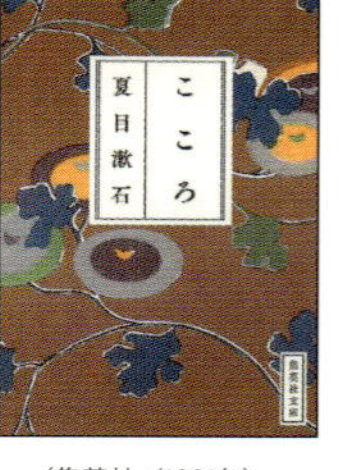

（集英社／1991年）

尾崎紅葉

新文体に挑んだ大文豪

デビュー作である『二人比丘尼色懺悔』は情趣深い悲哀小説として好評を博し、発表後すぐに人気作家となった。大学を中退して読売新聞社に入り、『伽羅枕』『三人妻』など、井原西鶴の影響を受けた《雅俗折衷文体》の小説を発表。これは地の文を文語体（雅文）、会話部分を口語体（俗文）で記す表現法で、のちの文章作法にも影響を与えている。紅葉はこの後にも、口語文体を試した『多情多恨』を発表している。この時代の文壇は、当時人気を二分していた幸田露伴と合わせて紅露時代と呼ばれた。

紅葉は写実主義、文体模索など明治文学史上大きな存在感をもつ人気作家だが、後進の育成でも知られる。泉鏡花や徳田秋声など多くの門人を世に送り出し、文壇の大御所として「横寺町の大家」と親しまれていた。

胃がんで死去した際、連載中であった『金色夜叉』は未完の名作となった。

紅葉の号は、芝公園内の紅葉谷から取られている（東京都港区芝公園内、増上寺）。

『多情多恨』

■1896年発表

妻を亡くした青年教師・鷲見柳之助を主人公に、同居をしている友人夫妻との関係を描く。はじめは好かなかった友人の妻に段々と惹かれていく柳之助の心境と、同情から彼に親切を働く妻の憐れみを、写実と心理を両立させた文語一致体で描いた。読売新聞にて連載され、人気作となる。

筋の面白さよりも、平凡な日常描写から人物の心理や性格を表現することを重視して描いた野心作。思想・感情を自由的確に表現するために、できるだけ話し言葉に近づけた言文一致文体を試みている。『源氏物語』や西洋文学を参考にしたこの手法は、二葉亭四迷の『浮雲』の手法を継いでおり、のちの自然主義文学への架け橋となった。

（岩波書店／2003年）

『金色夜叉』

■1897〜1902年発表

日清戦争後の社会を背景に、富に目がくらみ婚約を破棄した許嫁に対し、主人公が高利貸しになって許嫁や世間に復讐しようとする愛憎劇。読売新聞にて連載され、第一話掲載後、瞬く間に話題となった。しかし連載中に紅葉が胃がんのため亡くなり、未完のままとなっている。

テーマ自体は「物質的な欲望に人間の愛は敵うのか」という珍しくないものだが、経済的な条件に左右される社会や、人生を広い視野からとらえた点が新しく、広く愛読された。幾度も映像化、舞台化されている。

また、流麗な美文は紅葉文学の集大成といわれている。紅葉の覚書によると、2人は最終的に結ばれる予定だったという。 青

金色夜叉 上
尾崎紅葉作
岩波文庫

（岩波書店／2003年巻）

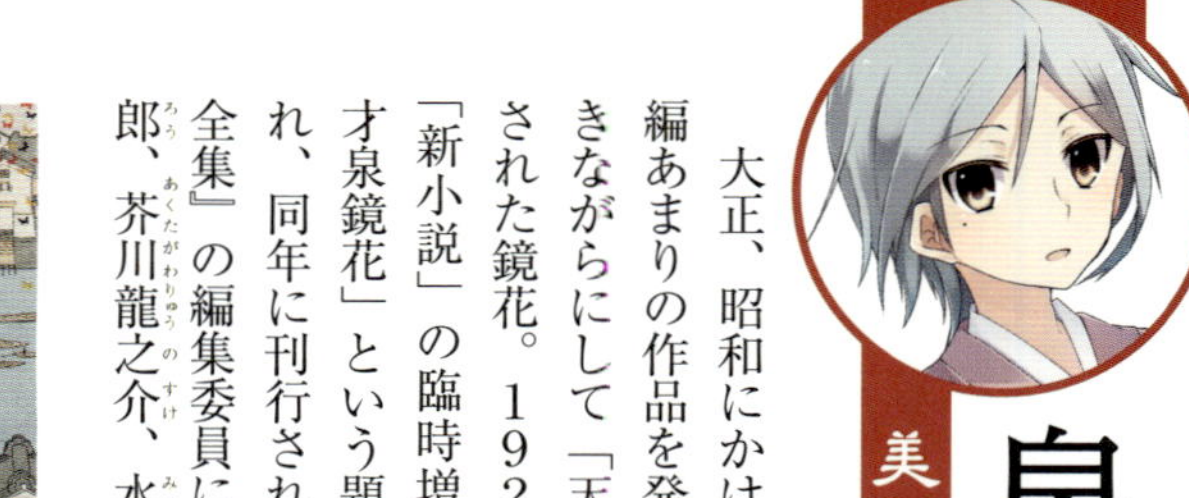

泉 鏡花

美しい女たちの情景

大正、昭和にかけて300編あまりの作品を発表し、生きながらにして「天才」と称された鏡花。1925年には「新小説」の臨時増刊に「天才泉鏡花」という題で特集され、同年に刊行された『鏡花全集』の編集委員に谷崎潤一郎、芥川龍之介、水上瀧太郎といったそうそうたる面々が集まっていたことからしても、当時の鏡花の評価がいかに高かったかがうかがえる。

その作風は社会性が強く、作者の観念ともいえる《主題》が明確に現れた作品傾向は《観念小説》と呼ばれた。独特の言い回しや語彙から「日本語の魔術師」と呼ばれ、特に女性の耽美な表現は群を抜いている。これは若くして亡くなった母や、近辺の女たちへの憧憬からではないかといわれている。その幻想・浪漫的な作風は川端康成や三島由紀夫らに影響を与えた。

のちに徳田秋聲、室生犀星と並び《金沢の三文豪》と称された。

鏡花の自著は、その装幀の美しさから「鏡花本」と呼ばれた。『日本橋』初版本表紙（泉鏡花記念館所蔵）。

『高野聖』

■1900年発表

高野聖の僧・宗朝は飛騨の山越えを試みるも、深い山中に迷い込んでしまう。どうにか辿り着いた山家には美しい女が住んでおり、一晩宿を借りることになった。翌朝、山家を出るも、その女のことが忘れられない宗朝は引き返そうとする。そこで1人の老爺に呼び止められ、その女は魔力をもっており、自身にまとわりつく男を動物の姿に変えているのだと教えられる。

鏡花の代表作ともいえる怪奇短編小説。作中に登場する、旅人を甲斐甲斐しく世話する聖母のような面がありながら、男を動物へと変える魔性をもち、妖艶な肢体と生娘のような愛らしさを兼ね備えた女性は「鏡花の永遠の女性」であると評されている。 青

（集英社／1992年）

『夜叉ヶ池』

■1913年発表

岐阜と福井の県境にある「夜叉ヶ池」には、白雪姫という龍神が住んでいた。彼女が剣ヶ峰に住む恋人のもとに向かうたびに周囲が大洪水に見舞われたため、近くの村の住人は白雪姫を行力によって封じ込め、その誓いを忘れさせないために昼夜3度の鐘を鳴らしていた。ある大正の年、日照りが続いていたその村では、雨乞いのために白雪姫へ生贄を捧げようと計画する――。

福井県にある同名の池に伝わる龍神伝説を基にした戯曲。恋しい人に会えない白雪姫、生贄に仕立て上げられる美しい娘・百合と、自身の境遇や他人の勝手で振り回される薄幸の美女たち。鏡花作品の代名詞ともいえる、彼女たちの悲恋と報復が描かれている。 青

（岩波書店／1984年）

小泉八雲

日本文化を愛した異邦人

各所の学校で英語や英文学を教えるかたわら、八雲は海外に日本文化を伝える活動をしていた。来日前は探訪記者だったこともあり、自身が見聞きした「日本」の姿をルポタージュとして発表。『日本人の微笑』などがその代表作として知られる。

島根県松江に残る小泉八雲旧居は、美しい庭をもつ武家屋敷で、今も見学することができる。

その後、妻・セツをはじめ、土着の人々から聞いた民話や伝承などをまとめて、再話文学集として出版。古い多神教文化が残る日本に母の故郷であるギリシャを重ねていた八雲は、日本文化の根底にある霊的な部分、本質などをそのまま受け止め、物語を通じて海外へと紹介した。

最後の著書となった評論『日本——一つの試論』は、八雲の日本研究の集大成といわれる世界的名著であり、多くの欧米人の目に触れた。読者の中には米国軍人の高官もおり、同書での日本人の精神史の解釈は、戦後の天皇制の誕生に影響を与えたともいわれている。

『知られぬ日本の面影』

■1894年発表

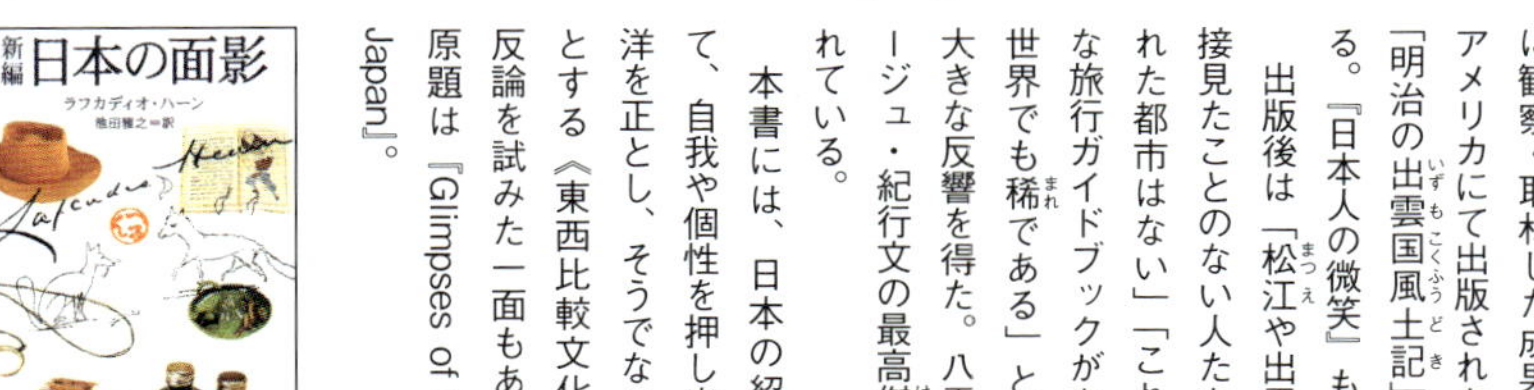

松江に滞在した1年3ヵ月の間に観察・取材した成果をまとめ、アメリカにて出版された。いわば「明治の出雲国風土記」ともいえる。『日本人の微笑』も収録。

出版後は「松江や出雲ほど、直接見たことのない人たちに熟知された都市はない」「これほど完全な旅行ガイドブックがある地方は世界でも稀である」と絶賛され、大きな反響を得た。八雲のルポタージュ・紀行文の最高傑作といわれている。

本書には、日本の紹介を通して、自我や個性を押し出す近代西洋を正とし、そうでない日本を負とする《東西比較文化論》への反論を試みた一面もあるという。原題は『Glimpses of Unfamiliar Japan』。

（角川書店／2000年）

『怪談』

■1904年発表

イギリス、アメリカで出版された短編小説集で、八雲の描いた再話文学の傑作といわれる。

『夜窓鬼談』『百物語』などの古典、妻・セツや現地の住民から聞いた民間説話をもとに、日本に根付く多くの物語を再話した。『耳なし芳一』『ろくろ首』『雪女』など17編が収録されている。叙情的な筆致で怪異に満ちた物語を表現し、単なる日本文化の紹介を超えた文学的芳香の高い作品となっている。

本書は単に怪異や幽霊譚を集めたものではなく、それらを通じて人間の根本に迫ったものだった。八雲自身が早くに両親が離婚し、大叔母に育てられた経験からか、親子や家族の絆といった点は特に着目されている。 青（一部）

（講談社／1990年）

国木田独歩

新聞記者で編集者、詩人で小説家

「物語を作って一生を送るなどと言う、事は夢にも思わず、思わないばかりでなく寧ろ男子の恥辱と迄、思っただろうと思います。つまり文章家、小説家などと言うものは、絶対に眼中には無かったのです」と『我は如何にして小説家となりしか』で記述するほど文壇とは無縁な幼き独歩少年の運命を変えたのは徳富蘇峰との出会い。蘇峰が創設した青年文学会の運営に携わりながら編集への道を進むことになった独歩は、蘇峰の国民新聞社に入社し従軍記者となり、大人気となった戦況報告『愛弟通信』が単行本化され、作家の道へと進みだした。帰還後、総合雑誌「国民之友」（文芸欄には森鷗外、尾崎紅葉、幸田露伴、二葉亭四迷らが寄稿）の編集者としてしばし筆を取り、表現の腕を磨いたことで、後年の名作たちが生まれることになる。また信子との大恋愛からの離縁の失意で叙情性を磨き、彼の作品は魅力を増していったのである。

1905年、国木田独歩が編集責任者を務める近事画報社から創刊（1916年1月創刊号）。

『武蔵野』
1898年発表

国木田独歩の初期名作と謳われる18編を収録する独歩の最初の短編集。詩的な表現を散りばめながらも自然観察の中で武蔵野の美しさを語る『武蔵野』をはじめ、乞食の子供を引き取る『源叔父』、田舎の旅籠での偶然の出会いを描く『忘れえぬ人々』など、不朽の名作と呼ばれる作品群を収録。

信子に失恋をして移住した渋谷村から見える景色と風情から生まれた本作の中の、叙情性や自然描写の美しさ、登場する人物たちの心の機微の表現こそが、独歩を「自然主義文学の先駆者」にする。

テンポよく視界に入って来るその文字列は彼のここに至るまでのキャリアで培った独歩ならではの表現。その最初の煌きを本作で感じてほしい。

青

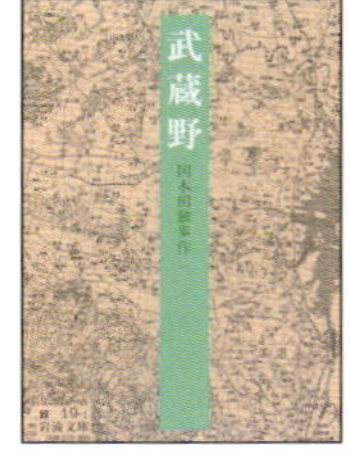

（新潮社／1948年）

『牛肉と馬鈴薯』
1901年発表

芝区桜田本郷町の西洋造りな建物・明治倶楽部。ある年の冬、その2階で人生観を語る6人の男たちの元へ1人の文筆家が訪ねてくる。そのとき議論されていた人生観の中で、新天地に渡り、芋ばかり食べてでも理想に従う、理想に燃える者を《馬鈴薯党》、芋ばかり食っていられない、と現実を見つめる現実主義者を《牛肉党》と呼ぶことになり、6人はそれぞれが人生を語りだす。それを聞いても文筆家はどちらの党にも与せない。そこには文筆家なりの理由があり……。社会について議論する人々の熱を感じさせる物語。語られる口調から思想や人物像が生き生きと描かれていく手法は、美しい風景描写で魅せた『武蔵野』とはまた違う表現で、驚く読者もいたという。

青

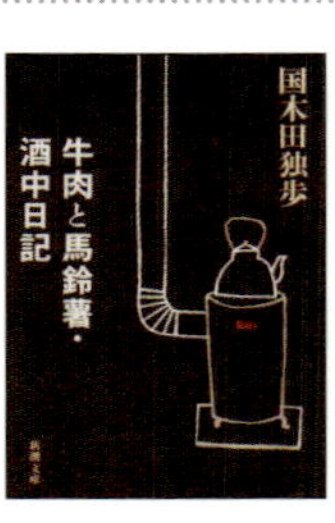

（新潮社／1970年）

芥川龍之介

現実への傾斜と行きづまり……

大学を卒業した芥川は、東大出身の仲間たちと新たな文学を創造しようと試みる。それは、歴史古典に材をとり、近代的な解釈を加えたフィクション小説によって人間の醜さや社会への嫌悪感を描こうとするものであった。芥川は、芸術は他のものの目的ではなく芸術そのものが目的であり、人生よりも芸術に絶対的価値を置く《芸術至上主義》の作品を書き、緻密な構成と均整のとれた文体でさまざまなタイプの短編を生み出していく。

その作風は大きく4つに分けられ、『戯作三昧』『枯野抄』などの《江戸物》、『地獄変』などの《王朝物》、『奉教人の死』などの《切支丹物》、『舞踏会』などの《開花物》がある。やがて、『蜜柑』などの現代を描いた小説を経て自身の体験を作品化した《保吉物》へと至る。しかし、芸術志向の強い芥川にとって告白文学はなじめず、創作活動は次第に停滞していく。

東京両国にある芥川龍之介文学碑には、短編「杜子春」の一節が刻まれている。

『鼻』

■1916年発表

鼻が極端に長く周囲から笑いものにされていた僧侶の禅智内供は、弟子の助けを借りて苦心の末に鼻を短くする。だが、今度は突然鼻が短くなったことで周囲から笑われてしまう。周囲の反応に困惑していた禅智内供だが、ある朝目が覚めると自分の鼻がコンプレックスであったはずの長い鼻に戻っているのを見て、晴れ晴れとした気持ちになるが……。

ユーモラスな物語の中に、他人の不幸を喜ぶ傍観者の利己主義と、周囲の反応に振り回される弱い自我への手厳しい批判が込められている。

『今昔物語集』、『宇治拾遺物語』に材をとった短編小説で、夏目漱石にも絶賛され、芥川の出世作となった。

青

（角川書店／2007年）

『河童』

■1927年発表

人間社会への痛烈な批判を河童の世界に仮託して描いていた短編風刺小説。

ある狂人が物語る体験談という形式で、高度に資本主義が発達した河童の世界で起こっている嫉妬や欺瞞、宗教の形骸化を戯画的風景の中で描き、人間への批判を浴びせている。作中で芸術至上主義の河童詩人・トックが自殺していることは、芸術と人生の中で苦悩し死を目前としていた芥川自身の投影を強く感じさせ、絶望的な自己の心情が屈折した形で述べられている。

飛騨山脈南部の梓川上流の景勝地が作品の舞台になっている。『河童』を発表する数年前、芥川は北アルプスに登山し上高地の河童橋付近を訪れている。

青

（岩波書店／2003年）

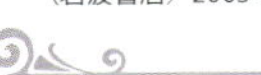

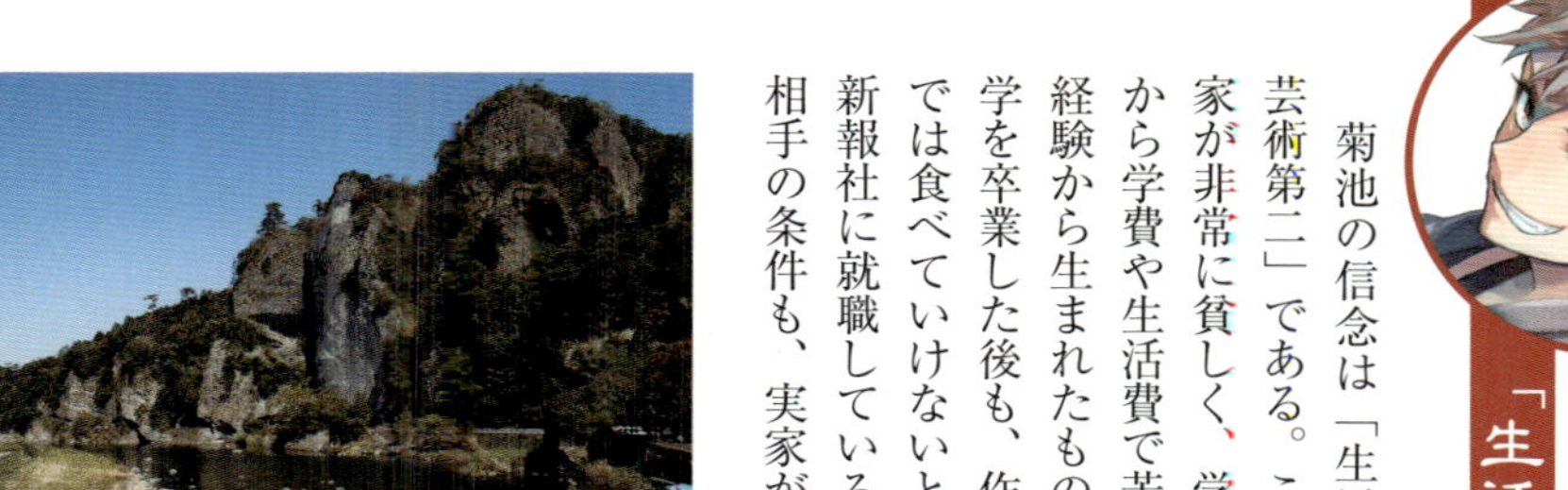

菊池 寛

「生活第一、芸術第二」

菊池の信念は「生活第一、芸術第二」である。これは生家が非常に貧しく、学生時代から学費や生活費で苦労した経験から生まれたもので、大学を卒業した後も、作家一本では食べていけないと、時事新報社に就職している。結婚相手の条件も、実家が裕福で資金援助をしてくれる女性、というものであった。

「生活第一」のポリシーは作風にも大きく影響している。当初は劇作家志望で『父帰る』などを執筆したが鳴かず飛ばず。小説家に転向し、売れる＝一般大衆に受ける作風を模索した結果、『真珠夫人』で一躍人気作家となった。芸術性ではなく、エンターテインメント性を重視した作品の多くは『通俗小説』と呼ばれている。

また、後進作家の育成や文筆家の地位向上のため、文藝春秋社や日本文藝家協会を設立。その面倒見のよい性格も手伝って「文壇の大御所」と呼ばれた。

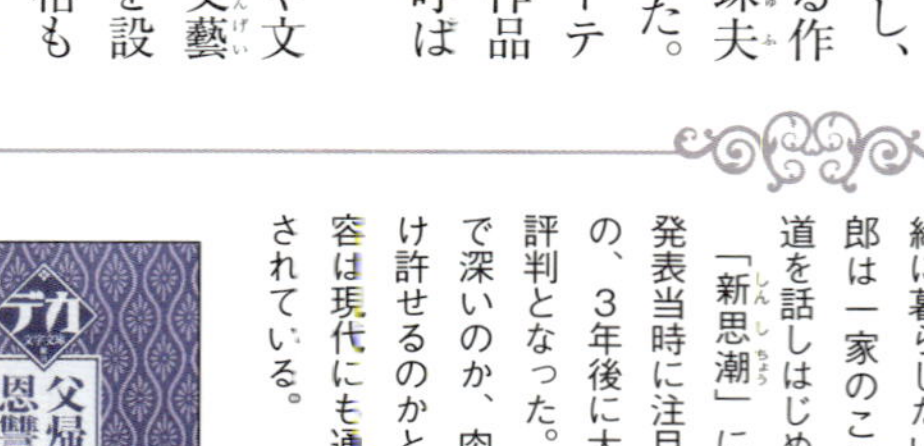

『恩讐の彼方に』の舞台となった耶馬渓（大分県中津市）。江戸時代に「青の洞門」が開通した。

『父帰る』

■1917年発表

黒田賢一郎は母、弟、妹の4人暮らし。父親は20年前に借金を作って愛人と家出し、それ以来、連絡が途絶えていた。賢一郎は役人、弟は小学校教諭となり、妹は近々結婚が決まっている。黒田家は貧しいながらも4人で力を合わせ、幸せに暮らしてきたのだ。しかしそこに父親が突如帰ってくる。一緒に暮らしたいと話す父に、賢一郎は一家のこれまで辿ってきた道を話しはじめる。

「新思潮」に掲載された戯曲。発表当時に注目されなかったものの、3年後に大劇場で上演され大評判となった。家族の愛はどこまで深いのか、肉親の過ちをどれだけ許せるのかといった普遍的な内容は現代にも通じ、たびたび上演されている。 青

（舵社／2005年）

『恩讐の彼方に』

■1919年発表

若侍・市九郎は主人である三郎兵衛の愛人と恋愛関係にあったが、ある日、事実を知った三郎兵衛と斬り合いになり、主人殺しの大罪を犯してしまう。罪におびえた市九郎は愛人と江戸を出奔し茶屋を開き、旅人を殺しては金品を奪うようになる。やがて自分の生活に嫌気がさした市九郎は仏門に入り、全国行脚の旅に出る。九州の耶馬渓に辿りついた彼は、死人の絶えない岩場を掘削し道を開こうとするが、三郎兵衛の息子が敵討ちに訪れ……。

大分県の耶馬渓にある「青の洞門」の由来を基にした歴史小説。罪を犯した人間が悔い改め再生していく姿と、復讐に燃える人間の葛藤を描き、このエンターテイメント性から評判を呼んだ。 青

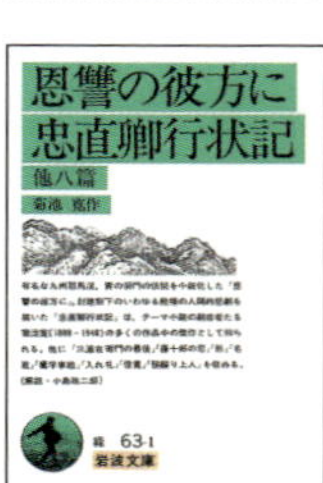

（岩波書店／1970年）

志賀直哉

家族との衝突と描かれた家族像

直哉の代表的な作品といえば『暗夜行路』『城の崎にて』。しかしそこに至るまでには彼の家族との確執が生んだ作品群が、直哉という作家を世に出したといえる。初期の作品である『網走まで』では網走へ向かう子連れの親子との交流を描いているが、12歳で死別した母を投影しているといわれている。その後『母の死と新しい母』を発表。生母を失い、新たな母を迎えての心境が描かれ、この中でも父への確執を滲ませる。『大津順吉』『清兵衛と瓢箪』で父親からのプレッシャー、そして『或る男、其姉の死』では父との確執の出発点である事件についても描かれる。常に家族に背を向けながらもその心情を吐露し表現し続ける彼の想いが、作品の中へと描かれているのだ。『和解』で父との和解を、ある意味簡潔に描いたことで直哉の家族表現は真骨頂を迎えたのだとすれば、彼の《家族論》はこれらを読むことで理解に達するのかもしれない。

父との不和を招いた足尾鉱毒事件の舞台は、いまも栃木県日光市に「足尾銅山跡」として残される。

『城の崎にて』

■1917年発表

山手線で電車に跳ねられて怪我をした「自分」は、養生のために兵庫県にある城崎温泉へとやってくる。そこで出会う小さな生き物たちの死。それらを観察しながら動物たちの死に対しての哀しみ、そして生き物の淋しさを感じていく「自分」。生きていることと死んでしまうことが両極ではないと感じた「自分」は、事故を経て命のあることを改めて省みていくのだった。

父との和解が成った頃に書かれたエッセイ。1913年、友人・里見弴と一緒に素人相撲を見て帰る途中、線路の側を歩いていて山手線に跳ねられた直哉が、東京病院退院後に療養のために訪れた城崎温泉での日々を、その洞察力や冷静な観察力で綴っている。

（角川書店／2012年）

『暗夜行路』

■1921年、1937年発表

祖父に引き取られ、祖父が亡くなった後は祖父の妾のお栄さんと暮らす時任謙作は、遊郭での芸者遊びに夢中の放蕩生活。しかしそんな生活に嫌気がさして、小説家として執筆活動を始める。執筆に打ち込むために尾道で暮らすなか、お栄さんとの結婚を決意するが、自分が祖父と母の不貞の末に生まれたことを知ってしまう。お栄との結婚を諦めた謙作は、京都で直子と出会い結婚するが、さらなる苛酷な運命が彼を待っていて……。

四部構成の大長編である本作は、完結までに頓挫を繰り返しじつに17年もの歳月を要している。晩年の直哉の心情の、その穏やかさを感じ取ることのできる一大叙事詩である。

（岩波書店／2004年）

梶井基次郎

駆け抜けた青春

梶井基次郎の31年という短い生涯は、病魔との共存の時間でもあった。12歳のときに祖母を、14歳のときには弟を結核で亡くした梶井は、自身もまた19歳で肺結核を発症している。幾度となく転地療養をしながら、彼は次第に退廃的な生活へとなだれ込んでいく。

三重県松阪城跡にある『城のある町にて』の一節が刻まれた文学碑。文字は生涯の友・中谷孝雄による書だ。

酒をあおり、遊郭へと足を運び、一時の遊興や享楽に身を任せるようになった梶井だったが、その度に自己嫌悪に陥ってもいたという。休みともなれば下宿のある京都から琵琶湖や和歌山、東京へと遊びに出かけ、酒場に寄っては喧嘩や暴挙を繰り返し、親友・中谷に「いささか狂気じみてきた」と回想されるほどだった。そんな退廃的な生活を経た後に、実家で自ら謹慎生活をし、本格的な執筆活動へと入っていく。彼のキラリ光りを放つ文章は、それら退廃の時代を経験したからこその産物かもしれない。しかし短い時間にあまりにも濃い青春を送ったような印象も受ける。

『檸檬』

■1925年発表

京都の街を彷徨う「私」は、街を放浪しながらさまざまな想いを巡らせている。肺病を患い憂鬱な「私」は得体のしれない不安に苛まれながら街を彷徨っていた。そんなある朝、ただ当たり前の八百屋の前で見かけた檸檬に目を留める。その檸檬から始まる思考の旅の行く末は……。

1925年に中谷孝雄、外村繁らと刊行した同人誌「青空」創刊号の巻頭に掲載された短編小説。単行本は三好達治らの奔走により梶井の亡くなる1年ほど前に刊行され、梶井の生涯唯一の出版本に。のちに日本文学の傑作、名作として多くの作家に高く評価された。瑞々しさを放つ風景描写や心情の描き方ひとつとっても、梶井の才能を感じる短編である。 青

（角川書店／2013年）

『櫻の樹の下には』

■1928年発表

「桜の樹の下には屍体が埋まっている!」という一文から始まる短編。

桜があれだけの美しく咲くなんて、そうでもなければあるはずもない、と考えに至った「俺」が、桜を考察しながら屍体から生を得て美しく咲き誇る桜について空想し、その自身の想像力によって不安に陥るほど美しい理由を補完する。

その理由は、彼自身の内側に湧き出す疑念を補完すると同時に、妖しいまでの仄暗さをも感じさせながら、第三者に向けて話して聞かせていく。

1928年刊行の季刊誌「詩と詩論 第二冊」12月号に掲載。のちに文庫化された『檸檬』に収録された。

初出時と刊行本収録時とでは構成が違い、最終章にあった『剃刀の刃』の話の後半部分が梶井によって削除されているものの、簡潔な短編の中でめくるめくほど美しい言葉で桜が表現されている。 青

島崎藤村

浪漫派・自然派の先駆者

「女学雑誌」の手伝いを通じて北村透谷と出会い、雑誌「文学界」を創刊。はじめは透谷にならい劇詩を書いていたが、やがて抒情詩に移行していき、詩集『若菜集』によって浪漫派の新体詩人として名声を博した。その後は浪漫主義文学運動に参加し、詩壇の第一人者として認められていった。詩人としては、別号に無名氏、古藤庵無声などがある。

のちに散文に興味をもち、被差別部落出身の小学校教師の苦悩を描いた『破戒』で日本の自然主義文学の走りとなった。処女作にして小説家としての地位を確立する。

活動の分野を小説に移して『春』『家』などの作品を次々に発表。姪との不倫から逃げるように渡仏したことを、帰国後の1918年に発表した『新生』の中で告白。これを見た芥川龍之介は「老獪なる偽善者」と批判したが、「作品自体はとても稀有な恋愛小説」とも称した。

長野県・諸市立藤村記念館では、小諸時代の作品・資料・遺品が展示。『破戒』の初版本なども所蔵。

『若菜集』

■1897年発表

島崎藤村の初の詩集。『文学界』で発表した恋愛詩など51編が収録されており、文語定型詩が主体となる。七五調を基調としたリズムに、大和言葉を多用した優美な抒情詩となっている。また、日常語を用いた詩歌たちは近代詩の母胎になった。

「六人の処女」「初恋」などの恋愛・青春詩が中心となっており、失恋や漂泊の日々を重ね、ようやく《春》に巡り合った藤村の青春の哀歓が、みずみずしい感性で歌われている。近代的、主我的感情の表現は、明治浪漫主義の開花に多大なる影響を与え、近代日本のロマンシズムの先駆けとなった。「おえふ」をはじめとする6人の女性を歌った詩や、「潮音」などが特に名高い。

青

（日本図書センター／2002年）

『破戒』

■1906年発表

被差別部落出身の小学教員・瀬川丑松を主人公に、社会の偏見と差別に苦しみながら、父の戒めを破って自己の素性を告白し、教壇を去るまでの心理的過程を描く。無知や因習と戦い、解放を求める人間の苦悩が記されている。

緑蔭叢書第壱篇として自費出版した藤村の処女小説。のちに新潮社が買い取り、出版している。個の解放を求める主我性、既成の権威を否定し、人生の真を見つめる《自然主義》の先駆的小説として話題となり、夏目漱石は「明治の小説としては後世に伝ふべき名篇」と評価している。

作中には西洋文学の影響が見て取れる。刊行時からドストエフスキーの『罪と罰』と構成がよく似ているといわれていた。

青

（新潮社／2005年）

室生犀星

近代抒情詩の担い手

犀星は『愛の詩集』『抒情小曲集』などの抒情詩人として出発し、のちに小説へと活動の幅を広げていった。俳人としては魚眠洞という号を名乗っている。萩原朔太郎とは互いに影響を与え合いつつ、詩誌「感情」を共同主宰し、《感情詩派》を形成する。2人は大正詩壇の新たな担い手となり、近代詩の完成に大きな役割を果たしていった。

斬新な表現と詩法を用いて感情を表す叙事詩を得意とし、なかでも『小景異情』は初期叙情詩を代表するものである。

小説『幼年時代』の発表により小説家として認められ、『あにいもうと』以後は《市井鬼もの》と呼ばれる、下層で真剣に生きる、野性的な人間の猥雑な生命エネルギーにあふれた小説を手掛けた。生きる道を求めて出発した自身の不幸な生い立ちから描かれている。特に晩年は、女性を通して深い人生を見出した作品を多く残した。

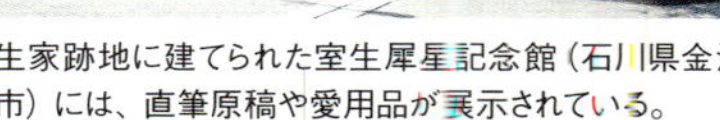

生家跡地に建てられた室生犀星記念館（石川県金沢市）には、直筆原稿や愛用品が展示されている。

『抒情小曲集』

■1918年発表

1912年から14年にかけて雑誌「朱欒」などで発表した初期の抒情詩を中心に94編を収録した詩集。「ふるさとは遠きにありて思ふもの」と歌った「小景異情」などが収められている。収められた詩編は第一歌集『愛の詩集』よりも早い時期に書かれたもので、詩人としての室生犀星の出発点が伺える。

3部構成となっており、1、2部は故郷金沢で詩を志す心情を歌った文語抒情詩で、「合掌」「寂しき春」などが含まれる。少年の多感な哀傷、故郷への思いを歌っており、犀星が認められるきっかけとなった新しい抒情詩が記されている。

続く3部は上京後の作となり、求道的な作品も多く、口語調の詩も見られる。この姿勢は『愛の詩集』に通じるものがある。

親友である萩原朔太郎は、「北原白秋の『思ひ出』以後、日本唯一の美しい抒情詩集である」と語っている。 青

『あにいもうと』

■1934年発表

「文藝春秋」に発表された短編小説。多摩川で川師を生業とする、赤座一家の粗野で素朴な愛を描いた短編小説。「赤座の蛇籠」と呼ばれるたくましい人夫頭の赤座、勘定を取り仕切る柔和な妻・りき、腕のいい石職工である伊之、奉公先で身ごもってしまう娘のもん、もんを孕ませた学生・小畑などが登場し、野性的で乱暴だが、本能的な肉親の愛情を表現した。続編に『続あにいもうと』（改題『神々のへど』）があり、共に1935年に『神々のへど』へ収録された。

これ以前に書かれた『幼年時代』『性に目覚める頃』の私小説的な作風と一変し、小説家としての犀星の転機となった作品。これ以後も巷に生きる市民たちの姿を描き、これらは《市井鬼もの》と呼ばれるようになる。

当作は第1回文芸懇話会賞を受賞し、幾度も映画・TVドラマ化されている。 青

太宰治

この父はひどく大きい家を建てたものだ

太宰が生まれ少年期を過ごした生家は、戦後に津島家が手放し1950年から1996年まで旅館「斜陽館」として営まれ多くのファンが足を運んだ。そして、現在は太宰治記念館として貴重な資料を展示し、国の重要文化財にも指定されている。入母屋造りの豪邸は、1階が11室、2階が8室、庭園をあわせると敷地面積は約680坪を誇り津島家の当時の栄華がうかがえる。

太宰はこの家が建てられてから初めて生まれた第10子の6男である。家族に加えて男女の使用人もあわせるとおよそ30人を越える大人数の中で暮らしていた。母・たねが病弱であったため、太宰は津島家の専任女中であった近村タケの手で育てられた。「斜陽館」の名称の由来にもなっている『斜陽』は、没落貴族の母と姉弟、流行作家の4人の姿に太宰自身を投影させて描いたロマン小説で、生家の戦後の姿とも重なっている。

青森県にある金木町太宰治記念館。宅地の裏には、かつて広い田畑が続いていた。

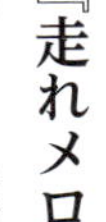

『走れメロス』

■1940年発表

ギリシャの古伝説とドイツの作家・シラーの詩を題材に、人間の愛と友情を描いた短編小説。

孤独と人間不信に苦しむ暴君・ディオニス王の前で、羊飼いの青年メロスが友達のセリヌンティウスと交わした約束を果たすために全力で走り、正義を貫く物語。『富嶽百景』とともに国語教材として度々教科書に掲載されている。

明るく明快なテーマを簡潔な文体でつづり、職業作家として文筆生活が順調に進んでいた太宰作品の中期を代表する佳作。当時の太宰は石原美知子と結婚し精神面、生活面ともに安定を得て、本作の他に『津軽』『思ひ出』『右大臣実朝』など人間の明るい面をテーマにした小説を数多く著した。

青

（新潮社／2005年）

『人間失格』

■1948年発表

愛と信頼を求めるが、社会から疎外され傷ついてゆく主人公の姿を描いた中編小説。人間や世間を恐れて自らの世界に入り込む大庭葉蔵は、真実の愛に接することができないまま《道化》によって内面の不安を覆い隠し他人と結びつこうとする。しかし、内面の苦悩から人間として生きる自信を失い廃人同然となってゆく。

太宰が遺した作品の中でも最も代表的かつ有名な作品の1つ。自己の内面問題と人間存在への不安を、主人公の葉蔵に重ねて描き出している。

当時の太宰は、衰弱しながらも静岡県の熱海の旅館に籠もり、愛人・山崎富榮に支えられながら、『人間失格』の執筆に最後の力を振り絞った。

青

（集英社／1990年）

中島 敦

文壇が惜しんだ早すぎる死

祖父、父、叔父が漢文学者という家庭に生まれた中島は、幼い頃から漢学に親しみ、深い教養が育まれた。その後、体の弱い典型的な文学青年として成長し、度重なる喘息の発作に苦しむこととなる。

第一高等学校を卒業後、横浜高等女学校で教員となった中島は、教職を続ける一方で創作活動を開始。雑誌の公募に応じて『虎狩』などを執筆するが、なかなか芽が出なかった。やがて持病である喘息が悪化すると、療養を兼ねて日本の委任統治領となっていたパラオ諸島の南洋庁に書記として赴任する。赴任中、日本では『山月記』が発表され、にわかに文壇の注目が集まりにじめていた。しかし病状が悪化し帰国、執筆に専念するも33歳という若さでこの世を去ることとなる。

死後、不安を抱える近代人の自意識を描いた作風と格調高い文体、巧みなストーリー構成が賞賛を浴び、早すぎる死が惜しまれた。

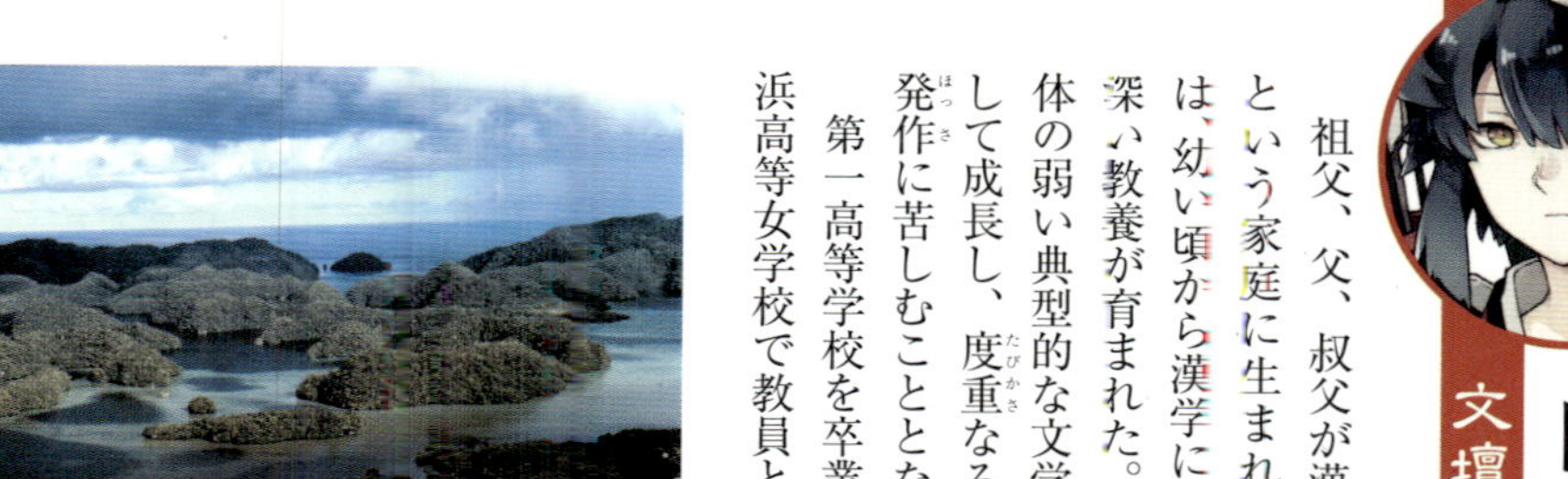

第一次世界大戦後から第二次世界大戦後まで、パラオ共和国は日本の委任統治領であった。

『山月記』

1942年発表

唐の時代、才知にすぐれた李徴は科挙に合格し、役人となる。しかし協調性のない彼は、すぐに故郷へと帰ってしまう。故郷で詩作にふけるが、生活は困窮するばかり。再び役人となることを決意する。しかし再度の役人生活でプライドを傷つけられた彼は発狂、行方知れずとなった。1年後、李徴の友人、袁傪は旅先で虎に襲われそうになる。すぐに虎は姿を隠したが、そこから聞こえきたのは人間の声だった。

中島文学の代名詞ともいえる短編。高校2年生を対象とした『国語』の教科書に頻出することで知名度も高い。困難な状況下で文学的挑戦を続ける李徴には、喘息に苦しみながら執筆を行った中島自身の姿が映し出されている。 青

（海王社／2014年）

『弟子』

1943年発表

学問とは縁遠い生活を送る子路は、賢者と噂され評判の高い孔子の弟子となる。これまで武力に物を言わせて世を渡ってきた彼は、孔子の悠然とした態度に心酔し、孔子は子路の利害を考えずに行動する純粋さを愛した。放浪の旅を続ける孔子に対し、子路はもどかしさを覚えることもあったが、小さなスケールで物事を捉えない師の信念を少しはわかるような気もするのだった。月日は流れ、子路は師の推薦によって衛の国王に仕えていたのだが……。

中島作品のテーマの1つである「運命」を描いた短編小説。運命を超えることのできない人間が、いかに自分の「生」をまっとうするかを問う力作。流れるように美しい文章のリズムも心地いい。 青

（角川書店／1995年）

江戸川乱歩

人間の深淵を見つめる

乱歩のデビュー作『二銭銅貨』は、これまで類を見ない本格的なトリックを使用した探偵物で、日本の近代的な推理小説の先駆けであった。その後も独創的なトリックを駆使した探偵小説を次々に発表し、基盤を築いていく。

作風は非常に多彩で、探偵小説を書くかたわら、『孤島の鬼』のような幻想的怪奇趣味の小説も発表。中期以降はサスペンス性の強い『蜘蛛男』、通俗スリラー『黄金仮面』、猟奇的な『芋虫』などを手がける一方で、『怪人二十面相』などの児童読み物を描き喝采を得ている。男色といった通俗研究も行っており、これらを駆使した《エロ・グロ・ナンセンス》の風潮は時勢の助けもあり庶民に受け入れられていった。

戦後は後進の育成や探偵小説の研究、評論に情熱を注ぎ、自身の名を冠した文学賞「江戸川乱歩賞」の設立のほか、探偵作家クラブ、日本推理作家協会の初代会長を務めた。

1928年(昭和3年)に発表され、1977年(昭和52年)に映画化した『陰獣』。(復刻DVD／松竹／2011年)。

『D坂の殺人事件』

■1924年発表

D坂の古本屋で傷だらけの死体が発見される。「私」は、喫茶店で知り合いになった素人探偵・明智小五郎と共に犯人捜しを始めるが、次第に明智が犯人ではないかと疑いをもつようになる。

乱歩初期の短編探偵小説で、名探偵・明智小五郎の初登場作品。乱歩本人も「本格探偵小説」と銘打つ密室トリックを使った作品で、「紙と木でできた日本の建物でも密室が構成できるという一例を示す気持ちがあった」と語っている。本郷駒込林町の「団子坂」が舞台となっており、事件の起きた古本屋は以前乱歩が弟と共に経営していた店がモデル。この作品と、続編に当たる『心理試験』がヒットし、乱歩は商業作家になる決意をしたという。

(春陽堂書店／1987年)

『芋虫』

■1929年発表

戦争により四肢を失い、視覚以外の五感もほぼ機能していない須永中尉と、その妻・時子の陰惨な性欲を描いた短編小説。雑誌「改造」のために書き下ろされたが、反戦的、勲章を軽視する表現が多く見られたため、娯楽雑誌である「新青年」に掲載された。掲載時は伏せ字だらけで、さらにタイトルは『悪夢』に直されている。乱歩は社会的なイデオロギーとは無関係で、あくまで人間のエゴや醜さを題材にしていると主張。

2009年に丸尾末広の作画で漫画化されている。

本格探偵物と平行して、乱歩は猟奇的な世界も描いてきた。食人、死体性愛、衆道といった、人間のもつ異常さについて描写する作品を多く残している。

(角川書店／2008年)

堀 辰雄

知性と感性の融合

堀辰雄は、私小説的な作品があふれていた日本の小説界に新風を吹き込んだ作家といわれている。室生犀星、芥川龍之介に師事する一方で、フランス文学、特にその中でも西洋心理主義の手法を意欲的に吸収していった。心理主義とは価値や心理、妥当性といった個人の抽象概念を《論理》でなく《心理的作用》として把握するという学問的な考え。これによって知性と感覚を融合させた新たな表現を生みだし、純粋な愛と死を叙情的に描くことに成功。婚約者の死を受けて執筆した『風立ちぬ』により当世芸術派の代表格となった。

後年は結核のためほとんど創作活動を行っていなかったが、療養生活を送りながらプルーストやリルケ、日本の古典に親しみ、『美しい村』『かげろふの日記』など、モダニズムから一転、鎮魂・回帰的な作風を描いた。詩誌「四季」の創設によって後進詩人の育成にも努めている。

長野県軽井沢の名所・雲場池。辰雄の作品には軽井沢の自然を描いたものが多数ある。

『美しい村』

■1933～1934年発表

「序曲」「美しい村 或は 小遁走曲」「夏」「暗い道」の4章から成る中編小説。「大阪朝日新聞」「改造」「文芸春秋」「週刊朝日」にそれぞれ分載される。ある初夏から盛夏にかけての高原の避暑地を舞台に、失恋によって傷ついた青年作家「私」の心理を描いた。美しい自然に囲まれた村での牧歌的な生活、美しい少女との出会いを通じ、再び生きる勇気を抱く過程を描いている。

それまでの辰雄の文体に比べ、意図的に詩的なものに寄せており、バッハの遁走曲のような音楽的な構成を試みている。「私」の繊細な意識の変化を、プルーストに学んだ柔軟で清新な文体で表現した。

この作品は辰雄の失恋経験から描かれている。「夏」の章に登場し、恋に落ちる少女のモデルは、執筆中に軽井沢で出会ったのちの婚約者・綾子。彼女は『風立ちぬ』でも、ヒロインのモデルになっている。 青

『風立ちぬ』

■1936～1938年発表

死の近づく婚約者・節子と、その看病をする「私」の生活を描いた中編小説。信州のサナトリウムを舞台に、婚約者との生活を通して見えた死と生、愛情、幸福感の心象風景を叙情的に描いている。

発表の前年に亡くなった婚約者・綾子と自身を重ねて描いた作品。病と闘いながら執筆し、「改造」「文芸春秋」「新潮」などで断続的に発表された。知的叙情と死を見つめる繊細な心理描写が大きな評価を受け、作家としての地位を確立した作品。

2013年に、スタジオジブリにて当作を下敷きの一部にしたアニメーション映画が制作されている。ヒロインの名前が異なるが、これは辰雄の長編小説『菜穂子』から取っていると考えられる。 青

（小学館／2013年）

谷崎潤一郎

性癖を純文学へ昇華した大文豪

女性関係のスキャンダルや若い女性の足への執着心など、谷崎潤一郎という人物自身が倫理を越えて女性の《官能美》を追い求めていたことは、おそらく間違いないだろう。だが、谷崎はそのような自己の内面にある問題を「私小説」として赤裸々に語るのではなく、濃厚濃密に表現しつくすことで、まるでそれが人間の普遍的で欲望であるかのように描き出し、耽美で高尚な文学へと昇華させていく。

己の欲望を小説の登場人物たちに託し、物語の中で彼らが情愛に溺れていく様を冷静な視点で見つめ、華麗な日本語表現と高い論理性で描き出していくところに谷崎が《大文豪》と称され、現在まで読み継がれている理由がある。

また、谷崎の流麗な文章は森鷗外や志賀直哉に代表される簡勁（簡潔で力強い文章）な表現とは対極的だが、鷗外と並んで小説文体の理想の1つとされることも多い。

1983年(昭和58年)に映画公開された『細雪』。(復刻DVD／東宝／2015年)

『痴人の愛』

■1924年発表

平凡なサラリーマンの河合譲治は、カフェで働いていた貧しい美少女のナオミを引き取り、自分の思い通りの女性として教育し妻に迎えようと考えた。だが、ナオミは毒々しいまでの悪女へと成長し譲治の人生を崩壊させてゆく。奔放な年下の美女の前に男性が屈するというマゾヒズムを描いた《悪魔主義》文学の代表作。

作品には大正期のモダニズムがふんだんに取り入れられており、ヒロインのナオミは《モダン・ガール》の典型とされ、その名にちなんで「ナオミズム」という流行語が誕生させ社会現象を巻き起こした。

谷崎にとってナオミは、そのモデルとなった義妹・せい子への愛の結晶であると同時に、自分自身の分身でもあった。

谷崎が描く女性の特徴は、処女作『刺青』で既に表れており、彼は小説の中で自身の夢想と、わかちがたい驕慢で美しい女性を描き続けていく。 青

『細雪』

■1943～1948年発表

谷崎の《耽美派》文学の到達点を示す長編小説。

第二次世界大戦中に検閲当局の弾圧によって一時は発禁処分を受けたが、上・中巻が「中央公論」、下巻が「婦人公論」にて連載された。

大阪船場の格式ある旧家を舞台に鶴子、幸子、雪子、妙子という美しい四姉妹のそれぞれの運命を描く。天災や戦争の影響で次第に変わっていく生活の中でも、なお続けられる花見や蛍狩り、月見といった伝統的な風俗を華麗な文体で描き、物語全体が洗練美された絵巻物のように展開。

戦後の暗い時代の中で華やかで色彩感にあふれたブルジョアの生活を描いた風俗絵巻は、たちまち人々の心をとらえベストセラーとなった。

同時代の小説家で文芸評論家の伊藤整は、本作に関して「谷崎が日本の女性の美しさを永遠化しようとした作品である」と評している。 青

中原中也

洗練されたリズム叙情詩の完成

中也が青春時代に傾倒した《ダダイズム》とは、第一次世界大戦中から戦後にかけてヨーロッパと米国を中心にして起こった芸術活動を指す。日本では1920年代に、高橋新吉によって仏教的な世界観を根底にすえたダダイズム的な詩が発表され広まった。

大正12年、中央美術社から発売された高橋新吉著『ダダイスト新吉の詩』（写真は日本図書センター／2003年）。

京都で新たな青春の始まりと共に高橋新吉の『ダダイスト新吉の詩』に出会った中也は、その中の数編に感激し、自分の詩作におけるスタンスを見つけていく。言葉を武器にして人生そのものを切り拓かねばならないと考えていた中也にとって、言葉と言葉の思いがけない結合によって常識的な論理を破壊する《ダダイズム》の語法は、まさに求めんとしていたものであった。《ダダイズム》との出会いにより、中也は意味をもたない言葉と言葉を音でつないだ「ゆあーん　ゆよーん　ゆやゆよん」（「サーカス」『山羊の歌』より）など独特の優れた言語表現を生み出していった。

『山羊の歌』

■1934年刊行

中也が生前に刊行した最初で最後の詩集。「初期詩篇」「少年時」「みちこ」「秋」「羊の歌」の5部構成で44編を収録している。17歳から23歳までに書かれた初期の作品で、フランス象徴派を代表する詩人・ヴェルレーヌの影響が色濃く現れており、「汚れつちまった悲しみに……」など生への倦怠と憂鬱を漂わせる。

刊行に至るまでにも資金不足や出版社の企画が頓挫するなど紆余曲折があり、中也を精神的に苦しめた。小林秀雄や青山二郎の尽力よって、2年がかりでようやく文圃堂書店から刊行される。だが、購入予約応募者はたったの10名未満という惨憺たるものだった。また装幀を高村光太郎が手がけている。青

（角川書店／1997年）

『在りし日の歌』

■1938年刊行

中也が生前に編集した第2の詩集。病没する1ヵ月ほど前に小林秀雄に託され、中也の死後半年後に彼の手によって創元社より刊行された。「在りし日の歌」と「永訣の秋」の2章に分かれ、「曇天」「骨」「一つのメルヘン」「言葉なき歌」など58編を収録。自らの生を突き放し冷徹に見据えようとする視点が感じられる。「亡き児 文也の霊に捧ぐ」という自分よりも先に世を去った長男への献辞がある。

「後記」によると中也は詩集の原稿をまとめあげた後、東京を引き揚げ郷里の山口へ戻り引きこもろうとしていた。その締めくくりの言葉に、「さらば東京！　おゝわが青春！」とある。《青春》の別れがそのまま《人生》の別れとなってしまったことになった皮肉だが、よくも悪くも中也を青春の詩人として《伝説的存在》にさせた。

本作刊行の前年に、ランボーの詩を翻訳した『ランボオ詩集』を刊行している。青

宮沢賢治

弱き者に光を当てる優しい眼差し

裕福な商家に生まれた賢治は、近隣の貧しい農家に負い目を感じながら育った。この負い目、劣等感は、彼が日蓮宗に傾倒する理由にもなったに違いない。

盛岡高等農林学校卒業後に上京した賢治は、布教活動の一環として『注文の多い料理店』をはじめとする多くの童話を創作している。

その後、花巻に戻り農学校の教師をしながら、人間愛にあふれた童話や詩の執筆に励んだ。28歳で処女作となる『春と修羅』を刊行。四季折々の自然と心の動きを情感豊かに綴っている。

やがて、農村の疲弊を目の前に自らが農民となることを決意。教員を退職し「羅須地人協会」を設立すると、能作業のかたわら無償で農業指導を行った。しかし過労によって体調が悪化。病床に伏せるようになると『グスコーブドリの伝記』や「雨ニモマケズ」を執筆し、自然との共生への願いを込めた。

岩手県花巻市にある宮沢賢治生家跡。当時の建物は残っておらず、今はそれを示す石塚があるのみ。

『春と修羅』

■1924年発表

大正13年に刊行されたデビュー作。賢治の心の葛藤が描かれた「春と修羅」20編、最愛の妹、トシとの別れとその悲しみを表現した「無声慟哭」5編、不思議な浮遊感を感じさせる散策の記録「小岩井農場」6編、トシの魂の行方を探し求めた北海道旅行の様子を記した「オホーツク挽歌」5編などが収録されている。

賢治は自分の作品を「詩」ではなく、「心象スケッチ」と称していた。自分が何を考えていたのか心理学的な分析を行うため、頭と心に浮かんだ様を粗くスケッチしていく、という意味が込められていたらしい。そのため時に荒々しく、時に優しく紡がれる言葉たちは、さまざまな感情を読者に投げかけてくる。 青

(日本図書センター／1999年)

『銀河鉄道の夜』

■1941年発表

星祭りの夜、草むらで眠り込んでしまったジョバンニが目を覚ますと、宇宙を走り、星座から星座を旅する銀河鉄道に乗り込んでいた。かたわらには同級生のカムパネルラもいる。不思議な光景を眺め、さまざまな人と出会いながら旅を続ける2人は、「みんなの本当の幸せ」を探すことを決意するのだが……。

賢治が病床で何度も推敲を重ねた童話作品。幻想的な美しい風景が描かれるとともに、「本当の幸せとは何か」「自己犠牲とは」といった、哲学的なテーマが盛り込まれている。完成稿に至らぬまま賢治が死去したこともあり、1～4次稿まで、それぞれが書籍化されているが、一般的に知られているのは4次稿の内容である。 青

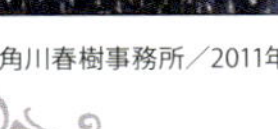
(角川春樹事務所／2011年)

坂口安吾

どこか仄暗さ漂う言葉の奥は

坂口安吾を知るうえで避けて通れない事象に「薬物中毒」がある。文壇デビューから非常に多忙になっていった安吾はいつしか不規則な生活の中でヒロポンやアドルム、ゼドリンといった薬物に依存するようになった。『安吾巷談』の中でも「麻薬・自殺・宗教」というタイトルでその旨も自身で冷静に言及しているが、当時は合法だった覚醒剤の数々を頻繁に使用していた彼は、鬱病や精神錯乱を引き起こしもしていた。その最中にもあまりにも多くの作品、随筆、論文を執筆し、発表し続けたこの〝根っからの作家〟は、フランス文学に影響されたことだけでは語りつくせない、耽美だが、どこか仄暗さをも感じさせる独特の美しさをその作品の中に宿している。薬物による幻想や幻影と切っても切り離せないものなのかもしれない。晩年は日本の風土史や歴史小説の執筆も多く、繰り返す鬱病の中で夢中で筆を執っていたことがうかがえる。

1952年(昭和27年)発表の歴史小説『信長』(写真は宝島社／2006年)。

『白痴』

■1947年発表

敗戦の色が濃くなってきた戦時下で、映画会社で見習いの演出家をしている伊沢。彼は蒲田の商店街の裏町にある仕立て屋の離れの小屋を借りて生活している。戦時下であり、時勢の流れは流動的。その中で同僚たちの空虚な自我や愚劣な魂に触れるたび憎しみの念を強める伊沢。そんなある晩、帰宅するとそこには隣家の白痴の女がいた。そのまま同居を始めた2人。しかし2人を襲う大空襲。逃げ惑いながら、伊沢は女とのこれからを想う。

1946年、雑誌「新潮」に掲載され、翌年単行本として刊行された短編小説。本作によって太宰治、織田作之助らと共に、新時代の旗手として安吾は脚光を浴びることとなる。

(岩波書店／2008年)

『桜の森の満開の下』

■1947年発表

鈴鹿峠に住む山賊は、通りがかった旅人の身ぐるみをはがし、連れの女は気に入れば攫って自分の女にしていた。怖い物などない山賊だったが、桜の森だけは恐れている。なぜなら桜が満開のときに、その下を通ると、ゴーゴーと音が鳴り、狂ってしまうと信じているからだ。あるとき、山賊は都からの旅人を殺し、連れていた女を女房にする。しかしその女は残酷で我儘な女だった。山を降りて女と暮らしだした山賊だったが、都暮らしに馴染めずに山へと帰ることに。女を背負い、山へ帰るとそこは桜の森が満開で……。

逸話形式で物語られる耽美な怪奇物語。1947年に雑誌「肉体」創刊号で発表されたこの短編小説は、安吾の代表作。

(岩波書店／2008年)

織田作之助

文壇の権威を否定した《無頼派》

第三高等学校を退学した織田作之助は、劇作家を志望し創作を続けるが、なかなか芽が出ず、姉からの仕送りに頼る姿はニートそのものだった。しかしスタンダールの『赤と黒』を読み、小説家へと転向、『夫婦善哉』などを執筆する。他の作品にも共通して描かれた大阪人の人情としたたかさは、当時の文壇からこき下ろされたが、織田はめげることなく小説や劇曲、映画の脚本を創作した。その人気が高まると、仕事の依頼が急増。断ることなく執筆を続け、眠気ざましに覚醒剤を常用するようになっていった。

やがて戦争が終わると、文壇の権威を否定する《無頼派》の筆頭としていよいよ人気作家となるが、不規則な生活と覚醒剤によって既に体はボロボロ。若い頃に患った肺結核を悪化させ、仕事で上京した際に喀血、そのまま死去した。死後、上方文学を復興した業績を称え「織田作之助賞」が創設されている。

代表作である『夫婦善哉』は、これまでに何度も映画、ドラマ化されている（復刻DVD／東宝／2005年）。

『夫婦善哉』

■1940年発表

しっかり者で明るい性格の売れっ子芸者・蝶子は、化粧問屋の若旦那・維康柳吉と出会い恋に落ちる。柳吉には妻子がいたため2人は駆け落ちし、大阪に落ち着くが、柳吉は一向に働こうとしない。業を煮やした蝶子が稼いだ金を元手に2人で商売を始めるも、柳吉は派手な女遊びで散財するばかり。やがて柳吉が病気を患い、生活に困った蝶子は再び芸者として働きはじめる。

大正から昭和にかけての大阪を舞台に、男と女の情の不思議さとおかしみを描いた代表作。戦前の大阪弁による会話が、物語に勢いと力強さを与えている。作中には実在した店名や地名が多く登場し、当時の大阪を知る1つの資料としても興味深い。

青

（岩波書店／2013年）

『世相』

■1946年発表

主人公の「私」は、かつて世間を賑わせた「阿部定事件」の公判記録を探していた。戦時中は検閲が厳しく実現しなかったが、愛する男性を性交中に殺し、陰部を切り取るというショッキングな事件を起こした女性を題材に小説を書きたかったのだ。やがて天ぷら屋の主人が公判記録をもっていることがわかるが、この主人が愛人にしている女こそ、かの阿部定その人だった。

阿部定事件をモチーフに虚構の物語を作り上げ、終戦直後の混乱した社会情勢を描こうとした実験的作品。舞台は昭和21年と昭和15年を行き来し、敗戦によってこれまでの思想に疑問をもった織田自身の考えを、「私」に語らせている。

青

（講談社／2004年）

参考文献

『日本近代小説史（中公選書）』
安藤宏 著、中央公論新社
『近代日本文学史（有斐閣双書 658）』
三好行雄 編、有斐閣
『早わかり文学史（中継新書）』
出口汪 著、語学春秋社
『はじめて学ぶ日本文学史（シリーズ・日本の文学史）』
榎本隆司 著、ミネルヴァ書房
『新・日本文壇史第三巻』
川西政明 著、岩波書店
『最新国語便覧』
浜島書店
『常用国語便覧』
加藤道理 編、浜島書店
『原色シグマ新日本文学史――ビジュアル解説』
秋山虔、三好行雄 編、文英堂
『文豪おもしろ豆事典』
塩澤実信 著、北辰堂出版
『近代作家エピソード辞典』
村松定孝 編、東京堂出版
『日本の作家名表現辞典』
中村明 著、岩波書店
『作家のペンネーム辞典』
佐川章 著、創拓社
『図説5分でわかる日本の名作』
本と読書の会 編、青春出版社
『一冊で100名作の「さわり」を読む』
檜谷昭彦 監修、友人社
『[illegible]』
高橋昭男 著、新潮社
『泉鏡花　人と文学（日本の作家100人）』
眞有澄香 著、勉誠出版
『国木田独歩集（日本現代文学全集 第18）』
伊藤整 著、講談社
『相馬黒光――黙移』
相馬黒光 著、日本図書センター
『芥川龍之介（新潮日本文学アルバム〈13〉）』
新潮社
『志賀直哉（上）（下）』
阿川弘之 著、新潮社
『梶井基次郎全集』
筑摩書房
『梶井基次郎（筑摩叢書153）』
中谷孝雄 著、筑摩書房
『島崎藤村　人と文学（日本の作家100人）』
下山嬢子 著、勉誠出版
『太宰治（新潮日本文学アルバム〈19〉）』
新潮社
『太宰治・坂口安吾の世界――反逆のエチカ』
斎藤慎爾 編集、柏書房
『中島敦――父から子への南洋だより』
川村湊 編、集英社
『中島敦（文春文庫）』
森田誠吾 著、文藝春秋
『中島敦・光と影』
田鍋幸信 編著、新有堂
『江戸川乱歩（新潮日本文学アルバム）』
新潮社
『堀辰雄　人と文学（日本の作家100人）』
竹内清己 著、勉誠出版
『谷崎潤一郎（新潮日本文学アルバム〈7〉）』
新潮社
『中原中也（新潮日本文学アルバム〈30〉）』
新潮社
『宮澤賢治――雨ニモマケズという祈り』
重松清、澤口たまみ、小松健一 著、新潮社
『宮沢賢治 エピソード313』
宮沢賢治を愛する会 編、扶桑社
『二十七歳』
坂口安吾 著、筑摩書房
『味の味　2005年11月号』
アイデア
『織田作之助の大阪　生誕100年記念（コロナ・ブックス）』
オダサク倶楽部 編、平凡社
『織田作之助：昭和を駆け抜けた伝説の文士〝オダサク〟』
オダサク倶楽部 編、河出書房新社

★そのほか、多くの書籍やWebサイト、青空文庫を参考にさせていただいております。

文豪男子コレクション

発行日　2015年5月9日　初版

編著　株式会社レッカ社
発行人　坪井義哉
発行所　株式会社カンゼン
〒101-0021
東京都千代田区外神田2-7-1　開花ビル4F
TEL 03（5295）7723
FAX 03（5295）7725
http://www.kanzen.jp/
郵便為替 00150-7-130339

印刷・製本　株式会社シナノ

企画・構成・編集　株式会社レッカ社
斉藤秀夫、花倉渚
ライティング　本間美加子、遠藤圭子、松田はる菜、えびさわなち
カバー・本文デザイン　貞末浩子
DTP　アワーズ

イラストレーター
[illegible]（[illegible]ページ）、[illegible]（[illegible]ページ）、MV（[illegible]ページ）、poni（28、54、96ページ）、雨溜カサコ（38、80ページ）、水玉（68、88ページ）、Asuna（72ページ）、雪村（100ページ）
[illegible]

万一、落丁、乱丁などがありましたら、お取り替え致します。

本書の写真、記事、データの無断転載、複写、放映は、著作権の侵害となり、禁じております。

定価はカバーに表示してあります。

本書に関するお電話等によるご質問には一切お答えできません。ご意見、ご感想に関しましては、kanso@kanzen.jp までEメールにてお寄せ下さい。お待ちしております。

ISBN 978-4-86255-298-3
Printed in Japan